RETROUVAILLES AVEC MON EX

SARWAH CREED

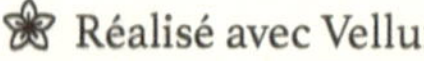 Réalisé avec Vellum

À PROPOS DE SARWAH CREED

Sarwah Creed est l'auteure de la série The FlirtChat. Elle écrit des romances contemporaines et érotiques, avec un ou plusieurs hommes adorant la même femme. Ses héroïnes sont adulées, choyées et aimées.

Quand Sarwah n'écrit pas, elle court, lit et écoute de la musique.

Elle habite avec ses trois enfants à Madrid.

Pour suivre son actualité, plusieurs possibilités :

FB Group : https://www.facebook.com/groups/1213041075857885

Si tu as envie de lire ses livres en avant première et d'intégrer sa liste de chroniqueuses, inscris-toi à la newsletter en cochant Newsletter **ET** Service Presse

"Newsletter registration" : https://mailchi.mp/843e60806d3a/inscriptionnewletter

INTRODUCTION

Salut toi,

Merci d'avoir choisi mon livre. J'espère vraiment qu'il te plaira. J'adorerais avoir ton avis après ta lecture. Si tu veux me retrouver sur Facebook ou Instagram, c'est possible. J'aime beaucoup recevoir des nouvelles de mes lecteurs, il te suffit de cliquer sur ce lien :

https://linktr.ee/SarwahCreed

J'ai hâte que tu découvres mon livre.

Bien à toi,

Sarwah

À PROPOS DE RETROUVAILLES AVEC MON EX…

Lui, c'est mon ex. Un milliardaire.

Mon nouveau patron. Super beau gosse.

Ça fait plus de dix ans qu'il m'a quittée pour sa carrière de footballeur, mais maintenant il est de retour en ville et il me perturbe au quotidien. Non seulement je dois travailler avec lui tous les jours, mais voilà qu'il a rejoint mon club de mères célibataires.

Il dit que c'est de la discrimination de ne pas le laisser participer.

Que connaît-il de l'allaitement ?

Rien.

Que sait-il des césariennes ?

Que dalle.

Mais nous vivons dans une société démocratique et toutes les autres mères célibataires veulent que lui et ses amis se joignent à nous.

Me voilà donc coincée avec ces yeux verts charmeurs, cette mâchoire ciselée et ce sourire sexy qui transforment mon groupe de parents en un service de rencontres.

Il ne me faut pas longtemps pour réaliser que Hunter James a quelque chose en tête de bien plus cochon que de simples conseils parentaux.

NOTE DE L'AUTEUR :

Retrouvailles avec mon ex a précédemment été publié sous les titres *An Ex with Benefits* et *Single Dad in the Club* (with new content). Il s'agit d'une courte et torride nouvelle de seconde chance à l'amour avec juste ce qu'il faut d'indécence. Elle convient aux lecteurs adultes qui aiment lire un peu de débauche avec une touche de comédie.

1

M *adison*

J'ÉTAIS EN RETARD, épuisée d'avoir fait des heures supplémentaires au centre d'appels et d'avoir passé une partie de la nuit à préparer une présentation pour mon nouveau patron à mon travail de jour. J'avais beau n'être que l'assistante personnelle du PDG d'une petite entreprise de papeterie à Meridian, Idaho, je voulais l'impressionner. Je voulais qu'il sache tout sur l'entreprise et j'étais sûre que William, l'ancien PDG, aurait oublié de transmettre la plupart des choses importantes.

Le plus étrange, c'est que je ne connaissais même pas son nom. Tout le monde pensait que, comme j'étais l'assistante et que je passerais la majeure partie de ma journée de travail avec lui, je saurais qui il est. *Ça paraissait logique.* Mais William voulait que ça reste une surprise.

Je n'avais pas compris pourquoi.

Personne n'avait compris pourquoi.

I

William avait annoncé qu'il était temps pour lui de prendre sa retraite, de quitter la société qu'il avait créée de toutes pièces et de passer du temps avec sa femme... ce que tout le monde aurait cru si elle n'était pas morte trois mois plus tôt dans un tragique accident de voiture.

Il avait une maîtresse — une toute jeune — et sa femme avait failli les surprendre en flagrant délit peu de temps avant son accident.

Il y avait tellement de rumeurs qui circulaient sur ce qui était vraiment arrivé à sa femme et sur les raisons de sa retraite. Trop de rumeurs.

Si je n'avais pas été aussi débordée dans ma vie quotidienne, je serais volontiers allée au bar après le travail pour débattre de tous les potins de la journée. Je ne pouvais malheureusement pas me permettre un train de vie pareil, parce que j'avais non pas un, mais deux boulots, et que j'étais aussi mère célibataire. J'étais si fatiguée que je ressemblais à un zombie la plupart du temps.

« Il est là », lâcha Rachel alors que j'entrais dans le bureau. « Il est tellement sexy. J'ai trop hâte de le goûter. »

Il n'y avait pas un seul homme dans ce service — ou n'importe quel autre service d'ailleurs — avec lequel elle n'avait pas couché.

Aucun homme ne peut travailler dans ce bureau avant de m'être passé dessus !

Ses mots à elle, pas les nôtres.

Je n'avais pas eu le temps de lui demander comment il s'appelait que sa porte s'ouvrait déjà.

Mes genoux me lâchèrent et mon cœur s'arrêta soudainement de battre. Ma bouche était grande ouverte et mes yeux manquaient de me sortir de la tête. Est-ce que j'hallucinais ? Le fait de m'évanouir au sol ferait-il disparaître ce que je voyais ?

« Mina », entendais-je répéter encore et encore.

Un seul homme m'appelait par ce nom. Hunter James. L'homme qui m'avait brisé le cœur.

Mon nouveau patron.

Cette journée ne pouvait pas être pire. Je devais garder ce travail. C'était le seul en ville qui me permettait de finir à 16 heures et même si le salaire n'était pas génial, il n'était pas mauvais non plus. Ça me permettait de me reposer un peu avant de commencer mon autre travail à temps partiel le soir.

Mais bon, il est vrai que ça faisait un moment que je n'avais pas cherché un autre emploi. Peut-être que les choses avaient changé. Tout devait être mieux que de travailler main dans la main avec mon ex, non ?

Toutes les raisons pour lesquelles je devrais démissionner sur-le-champ se bousculaient dans ma tête, mais ces mêmes yeux verts qui me rendaient folle à une époque me fixaient, alors qu'il m'appelait par mon petit nom. Ce petit nom qui me faisait me sentir spéciale au lycée... mais c'était il y a plus de dix ans. Dix ans ce n'était peut-être rien pour certains, mais ici c'était une vie.

Je me fichais que, comme un bon vin, l'âge l'ait bonifié.

Il ressemblait toujours à Channing Tatum et je le détestais encore plus pour avoir conservé son apparence. J'avais pris quelques kilos et je n'étais plus la fille qu'il avait connue au lycée. Il ne pouvait pas m'appeler « Mina » et débarquer comme ça dans ma vie.

Il fallait qu'il arrête avec ça. J'étais tombée sous son charme une fois, c'était suffisant. Mais lorsqu'il tendit la main pour m'aider à me relever, ma main, sans me demander mon avis, se faufila et effleura son biceps. Je me le reprochai immédiatement.

Madison Young, tu dois lui résister. Il t'a brisé le cœur et c'est ton nouveau patron.

Deux bonnes raisons pour ne pas retomber amoureuse de lui.

J'avais oublié que j'étais en train de parler avec Rachel lorsqu'il avait ouvert la porte.

« Vous vous connaissez ? » demanda-t-elle alors que Hunter m'attirait contre lui.

« Non », m'exclamai-je, tout en le repoussant.

Ses lèvres formèrent un petit sourire malicieux alors qu'il répondait, « Oui. »

J'étais sérieusement dans le pétrin.

Mais j'avais donné la vie et surmonté la douleur de l'accouchement. J'étais une dure à cuire maintenant. Je devais résister. Je devais penser à Alex, pas à Hunter James.

J'avais été amoureuse de lui à une époque, mais c'était le passé. Révolu et oublié. Je n'allais pas faire deux fois la même erreur... même s'il était sexy à tomber dans son costume gris clair et sa cravate rose. Même si son odeur chaude et musquée me faisait déjà mouiller.

Non, ça n'allait pas arriver.

2

H *unter*

Dès que je vis le nom de Madison sur le registre, je savais que c'était elle qui était à la tête du groupe.

Au lycée, elle était toute ma vie. La seule et unique fille que je voulais. Celle dont j'avais dit qu'elle mettait des bâtons dans les roues de ma carrière.

Ça n'aurait pas dû se passer comme ça. Elle aurait dû dire que les choses pouvaient fonctionner, même après ce qu'elle avait fait. J'avais été choqué, bien sûr, mais je lui avais dit que je lui pardonnais. Je pensais qu'elle m'avait cru, mais elle m'avait juste embrassé sur la joue et m'avait souhaité bonne chance.

J'avais passé les quatre années d'université à espérer qu'elle change d'avis, mais elle ne l'avait jamais fait. J'aimais Madison à l'époque et mes sentiments n'avaient pas changé. C'était comme si elle n'avait pas du tout vieilli. Les mêmes longs cheveux blonds, parfaitement coupés, et ses hanches... Merde,

5

ses hanches qui avaient l'habitude de me chevaucher toute la nuit... J'aurais voulu que ça ne s'arrête jamais.

Je prévoyais de revenir à Meridian de toute façon et quand maman m'avait parlé de l'opportunité commerciale que représentait la retraite de William, j'avais sauté sur l'occasion. La présence de Madison en ville était sans aucun doute un bonus bienvenu.

« Qu'est-ce que tu fous ici, bordel ? » cria-t-elle, tout en se précipitant pour m'empêcher d'entrer dans la salle de réunion. « Est-ce que tu me harcèles ? D'abord le travail, et maintenant ici. Tu seras où la prochaine fois, sous mon lit ? »

« Si c'est ce que tu veux... »

« Non, Hunter. Qu'est-ce que tu fais là ? »

« Je viens pour rejoindre le club des parents célibataires. »

Elle secoua la tête vigoureusement, comme si une abeille lui rôdait autour et qu'elle essayait de l'éloigner d'elle le plus rapidement possible.

« *Salut Hunter, comment tu vas ? Ça fait un bail !* » aurait été le genre de salutation auquel je m'attendais. Mais au lieu de ça, je me voyais accusé de harcèlement... ce qui, pour être honnête, n'était pas entièrement faux.

« C'est un club de *mères* célibataires. Les hommes ne sont pas admis ! »

« Je n'ai pas vu le tract spécifiant que l'entrée était réservée aux femmes. Et d'ailleurs, c'est sexiste. Je pourrais te faire un procès pour discrimination. »

Elle agita un doigt dans ma direction, ce doigt que j'avais aimé sucer. « Essaie un peu de me poursuivre en justice et vois donc où ça te mène. Écoute, si c'est un jeu auquel tu joues— ».

Mais elle fut coupée court dans ses propos par une petite nana hispanique toute mince qui transpirait la débauche et la décadence.

« Il a raison. Ce n'est pas écrit "club des mères célibataires". C'est indiqué "parents célibataires". Salut, moi c'est Marta et je suis— » elle était sur le point de se présenter, mais Madison l'interrompit.

« On ne pouvait pas faire de discrimination, mais il était clair dès le départ que ce club était réservé aux mères célibataires », s'emporta Madison le visage empourpré.

Elle était en train de perdre le contrôle. Je le voyais bien, car elle agitait son doigt et tapait du pied gauche en même temps. Elle avait l'habitude de faire la même chose au lycée quand elle était en colère. Ce matin, quand elle m'avait vu au bureau, elle avait été choquée, mais elle avait réussi à se contenir et elle était restée glaciale toute la journée.

Peut-être l'avais-je poussée trop loin. Peut-être que c'était trop pour une seule journée. Mon côté égoïste, celui qui mourait d'envie de récupérer Madison, s'en fichait. Je savais que ce n'était qu'une question de temps avant qu'elle ne soit à nouveau dans mes bras.

Je la frôlai pour essayer de passer le seuil de cette fichue porte. « Mesdames, est-ce que ça vous dérange si je me joins à vous ? »

Il y eut une vague de silence, puis un *non* unanime.

Avant même qu'elles aient eu une chance de m'énumérer toutes les raisons pour lesquelles je pouvais rester et même me joindre à elles, Madison recommença.

« Je suis la fondatrice de ce club. La propriétaire. C'est moi qui m'occupe des adhésions et je dis non. »

Marta se glissa à mes côtés, si proche de moi qu'elle aurait facilement pu être une seconde peau.

« Eh bien, on est dans une société démocratique et je trouve que tu es un peu sexiste. Un peu de sang neuf ne nous fera pas de mal. »

Je me demandai si elle faisait référence au club ou à la chambre à coucher.

Quoi qu'il en soit, j'étais admis et Madison ne pouvait rien y faire.

« À l'école de ma fille, il y a quelques autres pères célibataires, je pourrais leur demander de nous rejoindre. Histoire de rétablir la parité. » J'adressai la suggestion à la foule en mettant tout mon charme derrière mon sourire. Ça marchait à chaque fois. Cette fois-ci ne fit pas exception.

Il n'y avait qu'un seul problème, c'est que je n'avais aucun ami père célibataire. Mais je savais que le lendemain, lorsque je déposerais Olivia à l'école, je les trouverais.

Ça ne peut pas être si difficile que ça, si ?

« Ne pense pas une seconde que ça veut dire que tu peux commencer à utiliser cet endroit comme ton propre club de rencontre. Ces femmes ont déjà suffisamment de problèmes comme ça. Pigé ? »

J'acquiesçai d'un air narquois. Elle avait mal compris. Je ne m'inscrivais pas pour rencontrer des femmes.

Je m'inscrivais pour me rapprocher d'elle.

Je voulais reprendre là où nous nous étions arrêtés et une chose était sûre : j'avais tendance à obtenir ce que je voulais. Cette fois-ci, je n'accepterais aucun refus.

3

———————

M adison

IL ÉTAIT TOUJOURS le même enfoiré arrogant qu'au lycée. Une combinaison dangereuse. Et il arrivait à m'atteindre : c'était mon club à moi, mon seul événement social hebdomadaire et il me l'enlevait.

Je l'aimais au lycée, j'en pinçais pour lui... Puis, tout avait mal tourné. Je l'avais repoussé et il n'y avait pas eu moyen de faire marche arrière.

Alors j'avais fait ce que tout le monde fait après une rupture difficile. Je m'étais mise à sortir avec l'option la plus sûre (du moins c'est ce que je pensais à l'époque) et j'avais quitté la ville. J'avais trouvé quelqu'un qui m'acceptait. Quelqu'un qui me pardonnerait mes erreurs et m'aimerait pour qui je suis.

C'est du moins ce que je pensais. On s'était mariés, mais dès que j'étais tombée enceinte, il s'était fait la malle. Notre relation allait trop vite d'après lui.

Nous étions mariés !

L'option sûre s'était avérée être le pire des choix.

Maintenant, Hunter était de retour avec un enfant à lui. J'avais lu dans la presse qu'une fille avait laissé son bébé à l'hôpital avec une note disant qu'il était le père du nourrisson. Une fois que les autorités avaient mené l'enquête et confirmé que c'était vrai, l'histoire avait fait la une des journaux. La star du football qui était devenue papa du jour au lendemain.

J'avais pour habitude d'avoir de ses nouvelles lorsque je croisais sa mère. Elle faisait toujours ses courses au même Walmart à la même heure tous les samedis. Elle me détestait toujours autant, il n'y avait aucun doute là-dessus. Elle avait ses habitudes bien ancrées et jusqu'à présent, je m'étais demandé si c'était aussi mon cas. Toujours à courir après celui qui m'avait brisé le cœur.

C'était comme si le temps s'était arrêté pour lui. Ces mêmes yeux perçants qui me fixaient. Il se mit à sourire dès qu'il vit que j'étais agacée et son sourire avait toujours le même pouvoir de fascination.

Je le détestais.

Non, je me détestais encore plus pour m'être emportée en sa présence.

« Madison, arrête de t'énerver », me reprocha Marta alors que tout le monde sortait au goutte-à-goutte de la salle, son regard fermement fixé sur les fesses de Hunter. « Ça fait du sang neuf pour le groupe. Tu as dit toi-même la semaine dernière qu'on en avait besoin. »

Ses yeux sombres s'illuminèrent comme un sapin de Noël et je crois que même sa frange brune bougea, comme sous l'effet d'une onde de choc.

Je pensais que puisqu'il ne jouait plus au football, il serait gros et laid. Surtout en étant père à plein temps. Il avait abandonné le sport pour s'occuper de sa fille, ce qui était admirable et agaçant à la fois. Si ça avait été n'importe quel autre mec, je lui aurais probablement couru après.

Mais ce n'était pas le cas.

C'était Hunter.

Quand j'avais fait la chose la plus stupide du monde, il avait dit qu'il me pardonnait. Mais il ne l'avait jamais fait. Pas vraiment.

« On n'a pas besoin de sang neuf. »

Marta rit. « Détends-toi. Il a dit qu'il amènerait des copains. »

« Et alors ? » demandai-je, les mains sur les hanches, campant fermement sur mes positions.

« Eh bien, vu qu'il te tape toujours sur les nerfs, peut-être qu'un de ses potes pourrait t'aider à te détendre. Moi, je ne lui dirais pas non, à lui. »

Tiana prit la parole : « Tu ne dirais non à aucun homme. »

Pourquoi est-ce qu'on était toujours en train de parler de Hunter ?

« Pourquoi faut-il toujours que tu sois une telle garce ? » grogna Marta en s'éloignant. Elle avait raison, Tiana avait vraiment le chic pour brosser tout le monde dans le mauvais sens du poil.

« Elle ne peut pas le supporter parce qu'elle a eu cinq enfants de cinq hommes différents ! »

Je regardai Tiana, pensant qu'elle venait d'une autre planète. Et pas le genre de planète que nous avions besoin de voir représentée dans ce groupe.

Marta aimait les hommes— non, Marta aimait *le sexe* —et elle devait être la femme la plus fertile au monde. Elle expliqua une fois au cours d'une rencontre de groupe qu'elle avait utilisé des préservatifs la première fois, un diaphragme la deuxième, un stérilet la troisième... et je perdis le compte après ça. Le sexe le plus sûr pour elle était l'abstinence !

Tiana porta la main à sa hanche. « Si je devais un jour sortir avec un homme qui n'est pas de ma race », dit-elle en désignant l'endroit où Hunter venait de partir, « ce serait lui le petit veinard ».

Sa réflexion m'agaça. C'était l'exemple parfait d'une autre raison pour laquelle les autres membres se plaignaient d'elle : elle pensait qu'elle était meilleure que tout le monde.

« Tiana. » J'hésitai, attendant que Marta finisse d'avancer vers la porte et qu'elle soit hors de portée de voix. « Pourquoi est-ce que tu dois toujours faire ta garce comme ça ? »

« Comment est-ce que tu viens de m'appeler ? »

« Tu as très bien entendu. Ce que tu as dit à Marta était déplacé. On n'est pas là pour juger. Ce groupe existe pour se soutenir mutuellement. Et peu importe ce que tu penses de Marta, ses enfants sont parmi les mieux élevés du groupe. »

Comparativement aux siens, j'aurais pu dire, mais je n'étais pas d'humeur à être méchante. J'avais juste besoin qu'elle se détende et qu'elle arrête de juger. Mais plus je lui parlais, plus je réalisais que c'était peine perdue. Chassez le naturel, il revient au galop.

« Aucun de mes hommes ne s'est enfui ! » cracha Tiana, sur la défensive.

« Oui oui, ils sont tous les deux morts. On sait. » répondis-je sur un ton impassible. Mais ça m'agaçait de jouer le jeu de son histoire alors que j'étais convaincue que c'était un mensonge.

Quelle est la probabilité que deux hommes soient tous deux victimes du même type d'accident tragique en l'espace de deux ans ? Quasiment aucune. Mais c'était l'histoire qu'elle aimait raconter à tout le monde et je ne voulais pas me mettre en travers de son fantasme.

« D'ailleurs, sous tout ça », commença Tiana, en agitant sa main de la tête aux pieds. Je regardai l'excès de maquillage, les extensions de cheveux, la petite robe serrée sur ce corps surdimensionné... et je ne voulais pas savoir ce qu'il y avait en dessous.

« En dessous de tout ça, je suis une personne sensible »,

poursuivit-elle. « Je suis toujours en train d'essayer de faire face à la perte tragique des deux amours de ma vie. »

Cette discussion était inutile. J'avais besoin de passer au plan B et de me débarrasser d'elle.

Tout le monde chuchotait à propos de deux choses ce soir : Hunter et ses amis, et la présence de Tiana.

Plus tôt, lorsqu'elle était arrivée dans la salle de réunion, j'avais alerté le groupe en envoyant un message via WhatsApp.

Allez, essayons une dernière fois !

Le groupe WhatsApp s'appelait « Dégage Tiana » et c'était Marta qui en était l'initiatrice. Il comptait tous les membres du club, à l'exception de Tiana. Elle ne savait même pas qu'il existait.

« Écoute, je comprends que tu as besoin d'être aimée et que ça fait un moment que tu n'as pas été avec un homme. Tu as juste besoin de te lâcher, c'est tout », dit Tiana d'un ton sarcastique tout en me tapotant le bras alors qu'elle se retournait pour s'éloigner.

Je ne pris même pas la peine de forcer un sourire et regardai mon téléphone. Le groupe avait été mis à jour et quelques membres avaient écrit à son sujet.

Marta : Si elle se pointe à la prochaine réunion, je quitte le club !

Cat : Moi aussi !

Lena : Pareil !

Dieu merci, Hunter avait détourné l'attention de tout le monde du sujet de Tiana pendant la réunion, mais il était hors de question que je le laisse les embobiner.

Hunter avait un plan. Il en avait eu un à l'époque du lycée et je savais qu'il en avait un maintenant. Mais cette fois, c'était moi qui allais gagner.

Je n'allais pas le laisser revenir dans ma vie, mon cœur ne le supporterait pas.

4
___

H *unter*

Lundi matin, à la première heure, j'étais prêt à travailler de chez moi. Dieu merci c'était moi le patron de cette foutue société et je n'avais pas besoin d'aller au bureau. Ma priorité absolue était de trouver des pères célibataires pour gonfler les rangs du groupe. J'envoyai un petit mot à Madison pour lui dire que je ne serais pas là aujourd'hui et qu'elle devait rediriger tous mes appels vers mon téléphone portable. Même si de nos jours personne n'appelait vraiment le bureau : tout le monde avait tendance à appeler directement sur les portables !

J'arrivai tôt à l'école maternelle pour déposer Olivia et pour pouvoir croiser quelques gars. Je savais qu'il y avait quelques pères qui déposaient leurs enfants à peu près à la même heure que moi et j'étais prêt à les attendre. J'avais même passé la soirée à photocopier les prospectus de Madison... mais je m'étais débarrassé du rose, de la section des conseils sur l'allaitement et de deux trois autres sujets féminins, et les avais remplacés par des trucs de mecs. Des trucs qui pourraient inspirer des hommes.

« Salut, je m'appelle Hunter James et il y a un groupe de parents célibataires... », dis-je tout en distribuant le flyer au premier père.

« Est-ce qu'il y a beaucoup de femmes ? » demanda-t-il, ses yeux sombres s'illuminant. Il enleva sa casquette de baseball, un énorme sourire sur le visage. C'était comme s'il n'avait pas compris que c'était un groupe de parents et qu'il n'était inté-ressé que par une seule chose.

Serrer des nanas.

J'hésitai à lui répondre, parce que ce n'était pas la raison pour laquelle je l'invitais. Mon intention n'était pas qu'une bande de mecs viennent juste pour reluquer des mères céliba-taires. Mon intention était de prouver à Madison qu'elle avait tort. Il y avait des hommes en ville qui galéraient vraiment en tant que parents célibataires.

Je voulais m'assurer que mon plan était infaillible, mais jusqu'à présent, j'avais un peu l'impression que j'avais eu les yeux plus gros que le ventre.

« Qu'est-ce que c'est, chéri ? » demanda une femme enceinte blonde tout en prenant le prospectus de sa main.

« C'est un groupe pour parents célibataires, avec des soirées organisées et des services de baby-sitting. Merde, ça me tente bien. OK, donc c'est le vendredi soir. Pas génial, mais je peux essayer de venir. »

« C'est seulement pour les parents célibataires. Je pensais qu'il était célibataire », expliquai-je en m'excusant auprès de la femme.

Elle laissa échapper un petit rire, puis me rendit le prospec-tus. Le type me jeta un regard tout en fronçant les sourcils. On aurait dit qu'il aurait préféré être célibataire.

Une dame âgée à lunettes s'approcha alors de moi et me

tapa sur le bras. « Vous avez mentionné un groupe de célibataires ? »

Je hochai la tête. « Oui, c'est ça, un groupe pour parents célibataires. Pour que nous puissions nous soutenir mutuellement. Mais... »

« Il y a des femmes dans ce groupe ? » demanda-t-elle avant que je puisse en dire plus, tout en regardant au loin comme si elle pensait à quelque chose.

« Oui, pour l'instant il n'y a.... »

« Et elles cherchent des hommes. »

J'acquiesçai d'un signe de tête. Il était inutile d'essayer de dire quoi que ce soit.

« Je connais deux hommes qui seraient parfaits pour le groupe. »

Maintenant, elle avait toute mon attention.

« L'un est mon fils et l'autre est mon mari. »

Elle hocha la tête et commença à s'éloigner. Je restai planté là, confus, jusqu'à ce que d'autres gars ayant entendu la conversation m'abordent pour me dire qu'ils étaient prêts à joindre le groupe.

L'un d'eux était un athlète à la retraite avec une blessure au genou. Mon plan commençait à prendre forme, même si je soupçonnais que certains, comme le premier gars, avaient déjà une femme et prévoyaient de rejoindre le groupe pour s'amuser un peu en dehors du nid conjugal. S'il s'avérait qu'il était déjà en couple, Madison n'aurait pas à le virer elle-même ; je m'en chargerais. Quoi qu'il advienne, j'étais content que les gars parlent du club et fassent passer le mot.

« On sera là, Hunter. »

C'étaient les mots rassurants que j'avais besoin d'entendre. Madison ne pourrait pas me jeter dehors si quelques mecs traversaient les mêmes difficultés que les femmes. Elle allait devoir les accepter dans le club. Peut-être que je devrais les emmener boire un verre pour mieux les connaître avant la première réunion ?

Tout semblait prendre forme beaucoup plus rapidement que je ne l'avais prévu et je me sentais comme lorsque mon équipe gagnait un match.

Comme un putain de gagnant.

La journée avait été longue entre la distribution des prospectus et l'apprentissage des tenants et aboutissants de ma nouvelle entreprise. Bientôt, il était temps d'aller chercher Olivia.

Ça ne signifiait pas que ma journée était terminée pour autant. J'avais besoin de régler quelques trucs et je savais que maman viendrait plus tard pour passer du temps avec Olivia. C'était la nuit de repos de la nounou et au tour de maman de faire mamie gâteau avec Olivia. Elle adorait ça, mais pas autant qu'Olivia.

« Salut maman, quoi de neuf ? » demandai-je en me dirigeant vers la cuisine.

Elle avait été mon roc pour m'occuper d'Olivia. Je ne sais pas ce que j'aurais fait si elle ne m'avait pas proposé son aide. C'était d'ailleurs la raison pour laquelle j'avais décidé de revenir ici en premier lieu. À l'époque, je ne savais pas que Madison était également revenue dans le coin après son divorce difficile.

« Tu es bien souriant. Ce qui veut dire que tu mijotes quelque chose. »

Maman me connaissait trop bien, rien ne pouvait lui échapper. Dommage qu'elle n'ait pas été aussi bonne observatrice quand papa s'était enfui avec sa secrétaire, un an avant mon entrée à l'université. Elle n'avait pas remarqué les signes qui trahissaient l'affaire en cours, mais bon, je n'avais rien vu non plus.

« J'ai vu Madison aujourd'hui. »

Tout à coup, son sourire disparut et ses yeux verts devinrent ternes. Elle rejeta en arrière ses cheveux noirs striés de gris, son attitude taquine s'effaça et elle commença à s'éloigner, comme si elle était sur le point de quitter la cuisine.

« Maman ? » m'exclamai-je, l'arrêtant dans son élan.

« Eh bien, tu sais quelle était mon opinion de Madison quand vous avez rompu au lycée. Elle demande toujours de tes nouvelles, tu sais. Je ne suis pas stupide : il n'y a aucune chance que ce soit "accidentel" quand je la croise au Walmart. Elle a toujours le béguin pour toi, et quant à toi... parfois je me dis que tu ressembles plus à ton père, et ça m'inquiète ».

Je comptais sur ma mère pour beaucoup de choses et elle était d'une aide inestimable quand j'avais besoin de conseils parentaux pour Olivia. Mais je ne lui racontais pas tout. Pas comme à papa. Je le voyais toujours et je trouvais qu'il était plus facile de lui parler, parce qu'il était moins à même d'émettre des jugements. Même si, adolescent, je l'avais détesté pour avoir brisé le cœur de maman, il était toujours mon père et quelqu'un sur qui je pouvais compter.

De plus, il y a toujours une fine limite de convenance à ne pas franchir dans une relation mère-fils et elle s'arrangeait toujours pour la franchir dès qu'il était question de Madison.

« Maman, elle a fait une erreur il y a longtemps. Je te l'ai dit. Je ne comprends pas pourquoi tu as l'air de ne pas vouloir me croire. »

Elle fit une grimace, quelque chose entre un froncement de sourcils et un froncement de nez, comme s'il y avait une mauvaise odeur. J'étais juste venu prendre une bière avant d'aller vérifier ce qui se passait avec une de mes autres compagnies en ligne. Je n'étais pas d'humeur à écouter ses réflexions sur ma vie privée.

Par chance, depuis que j'avais pris ma retraite anticipée du football, mon nom faisait toujours la une des journaux, ce qui m'avait permis de continuer à travailler dans l'industrie du sport. Je ne voulais pas qu'Olivia soit élevée à Las Vegas et je souhaitais quelque chose d'un peu plus tranquille. C'était pour ces raisons que j'avais nommé un directeur pour mon entreprise à Las Vegas et que j'étais déménagé ici six semaines auparavant.

Je voulais être sûr de pouvoir consacrer la majeure partie de mon temps à mon rôle de père, mais j'avais aussi besoin de quelque chose pour m'occuper.

Olivia était alors sur le point de commencer l'école et n'allait plus passer ses journées à la maison avec moi. J'avais besoin de sortir et de faire autre chose. Donc, lorsque j'avais entendu que William vendait, j'avais tout de suite pensé que c'était l'occasion parfaite de travailler dans un bureau, de socialiser et de rencontrer à nouveau des gens en ville.

La plupart des gars que je connaissais avaient tous quitté Meridian. Certains étaient des hommes de famille, mais les autres, je n'aurais pas voulu les fréquenter. Ils n'étaient pas le genre de types avec qui je traînais au lycée et certainement pas le genre de gars avec qui je voudrais traîner maintenant. Ils étaient du genre à penser que les femmes n'avaient leur place que dans la chambre pour baiser ou à leur bras lors d'événements sociaux.

C'était moi qui emmenais Olivia à la maternelle la plupart du temps, mais nous avions une nounou, Andrea, qui était venue avec nous de Las Vegas. Je savais que ce ne serait qu'une question de temps avant qu'elle ne s'ennuie et décide de retourner en ville, mais pour l'instant, elle était géniale, et ça signifiait qu'Olivia n'avait pas trop de changement dans sa vie.

Quant à maman, elle était là quand j'avais besoin d'elle, et elle faisait partie de la famille. C'était inestimable.

Elle me tendit une bouteille de bière. Je savais que je n'allais pas du tout aimer ce qu'elle était sur le point de dire. On n'était jamais d'accord quand il s'agissait de Madison. Même papa ne l'aimait pas. En fait, personne dans ma famille ne l'appréciait.

« Elle se croit juste meilleure que tout le monde. Toujours à regarder les gens de haut. Je pense simplement que tu peux faire mieux », dit maman, tout en prenant une bière pour elle-même.

« Maman, tu sais pourquoi elle se comportait comme ça au lycée. Ce n'était pas vraiment parce qu'elle pensait être meilleure que tout le monde. »

Je baissai les yeux et vis Olivia qui était là, à nous regarder comme si elle regardait un match de tennis. C'était la petite fille la plus adorable qui soit et je me demandai soudain ce que je ferais sans elle dans ma vie. Avant, je pensais que la dernière chose que je voulais était une famille, mais avec elle, c'était naturel.

« Papa », dit-elle en tendant les mains vers moi. Je ne pus m'empêcher de la prendre dans mes bras, de la soulever et de l'embrasser.

« Maman, tu dois réaliser que Madison est la femme que j'aime. Je ne me suis jamais remis de notre histoire. »

Maman eut un petit ricanement moqueur, puis descendit la bouteille de bière comme si c'était un shot de vodka.

« J'aimerais que tu t'en remettes. Être polie avec quelqu'un que tu ne fais que croiser au Walmart le samedi est une chose. Mais avoir ton fils qui insiste sur le fait de passer le reste de sa vie avec elle en est une autre. On ne peut pas passer à autre chose une fois pour toutes ? »

Je décidai de m'asseoir à côté de maman à la table du petit-déjeuner et de mettre tout le reste en attente. De plus, j'avais la plus belle des petites filles dans mes bras. Elle me faisait toujours me sentir mieux, même quand j'étais énervé, comme en ce moment.

« Non. Et puis, tu sais très bien que les gens peuvent changer — et qu'ils changent. »

Lassée ou fatiguée de la discussion, elle se leva d'un bond de sa chaise et déclara : « Pas les gens comme elle. Au contraire, ces gens-là ne font qu'empirer. »

Madison s'était excusée pour ce qu'elle avait fait à l'époque et j'étais passé à autre chose. Maman avait besoin de faire la même chose. C'était le passé et s'attarder dessus n'allait aider personne.

Surtout pas moi.

5
———

M *adison*

CETTE SEMAINE, j'avais réussi à croiser Hunter deux fois seulement. Il n'avait plus flirté avec moi, ni même essayé d'être gentil. Au contraire, j'avais la nette impression qu'il m'évitait.

J'aurais dû être contente qu'il ait compris le message, mais je ne l'étais pas. Au contraire, j'étais un peu déçue.

On était vendredi et j'avais attendu avec impatience mon club de mères célibataires toute la semaine. C'était la seule chose dans mon emploi du temps qui ne consistait pas à travailler.

À l'instant même où j'entrai sur le parking, je sus qu'il se passait quelque chose d'étrange. Marta, Cat et Lena étaient toutes debout sur la place qui m'était réservée.

La façon dont elles se tenaient avec leurs bras croisés, je savais qu'elles n'étaient pas contentes. Je soupirai, sachant que j'allais devoir avoir les couilles de faire la chose que j'évitais depuis des semaines : j'allais devoir confronter Tiana et lui dire de faire son balluchon.

Je pris une profonde inspiration, garai la voiture et ouvris lentement la porte. Je n'arrivais même pas à l'ouvrir correctement, et encore moins à sortir, avec tous ces gens entassés autour de moi.

« Madison, tu ne vas pas le croire », lâcha Marta dès que ma porte fut ouverte, une expression d'effroi sur le visage.

Oh mon Dieu. Tiana avait dû vraiment dépasser les bornes cette fois.

« Il y a des hommes à l'intérieur ! » s'exclama Cat, incapable d'attendre une seconde de plus. Cat avait tendance à prendre la parole sans retenue si elle ressentait le besoin de dire quelque chose. Elle était extravertie et chaque fois que nous organisions un événement, elle était la première à se porter volontaire. Elle avait besoin de ces réunions autant que moi. Peut-être même plus.

« Hunter ! » grognai-je, frustrée. Cet homme était tellement prévisible. J'aurais parié qu'il avait fait des pieds et des mains pour recruter son ancienne équipe de football.

Je soupirai. « Combien ? »

« Je ne les ai pas tous comptés », dit Marta.

« Comment ça, tu ne les as pas tous comptés— »

« Cinquante ! » Cat s'écria avant même que je n'aie pu finir ma phrase.

« Mais c'est plus que nous ! »

« Exactement ! On est venues te prévenir parce qu'on savait que tu n'allais pas être ravie. »

Je ne savais pas trop comment prendre la déclaration de Cat, surtout qu'elle m'empêchait toujours de sortir de ma voiture. Mon corps me faisait mal à force de pousser contre la portière pour essayer de me faufiler dehors. Je la repoussai en disant : « Écoute, il faut que tu bouges. »

Elle secoua alors la tête, comme si elle venait toute juste de réaliser qu'elle m'empêchait de sortir de la voiture non pas une jambe, mais deux.

« Tu as du maquillage sur toi ? C'est la raison pour laquelle j'ai fait le pied de grue sur ta place de parking. Je me suis dit que si quelqu'un devait en avoir, c'était sûrement toi. Ton visage est toujours entièrement peint étant donné que tu arrives directement du bureau », dit Marta.

Je ne savais pas si je devais me sentir fière ou insultée.

« J'ai quelques trucs dans mon sac. Pourquoi ? »

« Parce que je ne savais pas qu'il amènerait autant de mecs ! Je ne suis pas du tout habillée pour l'occasion ! Qu'est-ce que tu portes toi, un truc mignon ? »

C'était quoi leur problème ? Elles étaient comme des chattes en chaleur ! J'avais déjà eu un chat, je connaissais bien les signes.

« Bien sûr que non », dit Cat sur un ton catégorique. « Elle porte toujours une jupe avec une chemise à rayures. Elle ne va pas porter quelque chose de différent aujourd'hui. »

J'étais sur le point de leur demander ce qui n'allait pas avec mes vêtements lorsque Tiana sortit alors de la salle de réunion avec un des hommes à ses côtés. La réunion n'avait même pas commencé.

« Mince alors, fais-lui confiance pour dénicher un des meilleurs », soupira Cat alors que Tiana faisait un signe de la main tout en se dirigeant vers la voiture du type.

« Si elle avait amené un de ses enfants avec elle, il serait déjà en train de retourner vers la salle en courant », dit Marta tout en essayant de sortir mon maquillage de mon sac. Son commentaire nous fit toutes rire.

Dès que Cat se fut écartée de mon chemin, je fermai la portière et réalisai alors que mon groupe, celui que j'avais créé il y a deux ans et qui était passé de seulement cinq membres à quarante, était en train de se transformer en une sorte de service de rencontres.

« Ce n'est pas du maquillage, ça. Juste un peu de poudre et un rouge à lèvres. » Marta lâcha mon sac à main et me le rendit alors que ses épaules s'affaissaient.

Il m'avait fallu six mois d'économies pour acheter cette poudre et ce rouge à lèvres. C'était la même raison pour laquelle je portais quasiment toujours les mêmes vêtements chaque semaine. C'était mon bon ensemble. Celui que je portais pour les occasions spéciales, comme le travail, l'église et les mariages. J'avais le même ensemble depuis presque cinq ans et les filles du groupe me voyaient toutes les semaines, donc c'était difficile pour elles de ne pas le remarquer.

« Tu n'as pas besoin de maquillage. Il faut juste qu'on se détende et qu'on ne s'affole pas », dis-je, essayant de convaincre Marta que tout était sous contrôle. Mais si elles connaissaient la vérité sur ma vie, sur ce qui déroulait vraiment derrière cette mascarade que je montais chaque semaine ? Elles verraient une coquille vide, une coquille que Hunter aurait pu remplir si seulement il ne m'avait pas brisé le cœur. J'avais promis de ne plus jamais confier mon cœur à quiconque et j'avais même réussi à me marier sans le faire.

« À quoi tu penses ? » Cat me fixait avec des yeux sombres. Elle était mon roc, et ce depuis que j'avais commencé le groupe. Elle avait trois enfants et en comparaison d'elle, je me sentais pathétique. Elle avait son propre cabinet d'avocats et parvenait toujours à tout garder sous contrôle, sans aucun problème. Elle avait toujours l'air de sortir du salon et d'être prête à conquérir le monde.

« Rien », murmurai-je tout en pensant que Cat devrait être à la tête du groupe. Elle réussissait tout ce qu'elle entreprenait. Elle était belle. Athlétique. Son seul « défaut » était d'être célibataire, mais même dans son cas, son mari était mort, contrairement au mien qui n'avait pas voulu d'un engagement supplémentaire. On était pourtant mariés — n'était-il pas naturel d'avoir une famille ?

Marta me prit la main. « Je pensais qu'après avoir vu ton ex, tu t'habillerais différemment. »

« Il n'y a rien de mal dans ma façon de m'habiller ».

Elles échangèrent un regard, puis Lena se rapprocha soudainement de moi. « Pour notre prochaine sortie, je suggère qu'on aille faire du shopping. »

« Sérieusement, les filles, ce n'est pas un club de rencontres », dis-je, luttant activement contre mon désir de lever les yeux au ciel. « C'est un groupe de soutien mutuel. »

« Merde, Madison. Ça fait deux ans qu'on ne fait que ça, se soutenir », dit Marta.

« Ouais », surenchérit Lena. « On est des mères célibataires, pas des mères mortes. »

« Qu'est-ce que c'est censé vouloir dire ? »

« Ça veut dire qu'il n'y a rien de mal à s'amuser », dit Marta tout en continuant à me traîner.

Je n'appréciais pas trop son ton, mais surtout, je n'aimais pas la façon dont elles continuaient à parler de mon apparence physique et de mon look. Surtout après avoir confié à Marta certains des problèmes auxquels je devais faire face. J'aurais pensé que j'obtiendrais un peu de respect de sa part, mais ça semblait être mort et enterré.

Cela faisait longtemps que je ne m'étais pas sentie aussi seule.

6

———

H *unter*

Elle entra dans la pièce, tirée par Marta. Je devais admettre que tout ça était dingue. Je savais que les gars en parleraient autour d'eux, mais en aucun cas je n'aurais pu prévoir une telle affluence. Je n'avais même aucune idée de combien d'entre eux étaient vraiment célibataires.

Mais au vu de l'expression de certaines de ces femmes, elles auraient voulu qu'ils soient tous célibataires.

« Madison, ce n'était pas du tout ce que je voulais », dis-je pour ma défense tout en m'approchant d'elle. Je pouvais voir qu'elle était énervée et je voulais qu'elle sache que rien de tout ça n'était intentionnel avant qu'elle ne pique une crise.

« Et qu'est-ce que tu voulais, Hunter ? Me punir ? »

Elle n'attendit pas ma réponse pour s'éloigner. Je lui courus après.

« Écoute, je voulais faire partie du groupe. Je ne m'attendais pas à ça. Je voulais juste... »

Avant même que je puisse finir ma phrase, ils commencèrent tous à sortir deux par deux, sauf Marta qui avait un homme de chaque côté.

« Hé ! Hé, où est-ce que vous allez tous ? » cria Madison, essayant de rétablir l'ordre.

Devant l'ignorance générale face à sa question, je décidai de me saisir du micro au coin de la table et de la répéter. « Hé ! Où est-ce que vous allez tous comme ça ? »

« Eh bien, Harry... », commença Marta tout en souriant au gars à sa gauche.

« Non, moi, c'est John », intervint-il.

« OK, *John* m'emmène chez lui pour me montrer son nouveau... »

« Siège auto », proposa-t-il.

Je secouai la tête. « Mais ta voiture n'est pas garée dehors ? »

Ils échangèrent un regard et reprirent leur chemin. D'autres emboîtèrent le pas, mais Madison ne se laissa pas abattre. Elle se précipita vers l'une des femmes et lui bloqua le passage.

Cela ne pouvait signifier qu'une chose : elle était désespérée. Madison était sur le point d'entrer en éruption et tout le monde ferait mieux de se tenir prêt.

« Je m'attendais à mieux venant de vous ! Je n'arrive pas à croire que vous partiez comme ça ! » hurla-t-elle.

« Madison, allez », répliqua l'une des femmes qui étaient en train de quitter les lieux. « Personne ne voit plus l'intérêt de venir à ces réunions. Et puis, Hunter a l'air d'être quelqu'un qui sait s'amuser. »

La femme me fit un clin d'œil. Je sus immédiatement que ce geste allait faire péter les plombs à Madison et me précipitai vers elle pour lui attraper le bras.

« Laisse-les partir », suppliai-je. Elle menait une bataille perdue d'avance.

« Je t'ai dit que j'étais désolée. Combien de fois encore dois-je le dire ? »

Elle se mit à sangloter. Je savais qu'elle pensait que tout ça avait à voir avec le passé. Elle s'éloigna de moi, probablement pour se saisir de son sac à main.

Je décidai alors que nous devions mettre un terme à tout ça. Elle pensait que je vivais dans le passé, mais ce n'était pas le cas. Ma famille devait tourner la page, et d'après ce que je voyais, ils n'étaient pas les seuls.

« Écoute, je n'ai pas fait ça pour te punir. »

Elle regarda autour d'elle et vit qu'il n'y avait pas de public. Personne pour la sauver.

Quand on était plus jeunes, on avait l'habitude de faire le mur et de se retrouver en cachette, du moins les premières années, avant que nos parents acceptent mieux notre duo. Se retrouver là tous les deux, c'était comme au bon vieux temps.

Je ne pouvais plus me retenir. Je voulais juste arracher ses fringues et la prendre ici et maintenant. Je la tirai contre moi et entrouvris sa bouche avec ma langue. Elle sentait si bon et elle avait un goût plus délicieux encore. L'intensité de son parfum de fleurs fit bouillir le sang dans mes veines.

Je m'attendais à ce que Madison me repousse, mais rien ne venait. Pas de protestation. Juste une respiration lourde et saccadée qui me disait qu'elle voulait ça autant que moi.

« Hunter », ronronna-t-elle quand j'aspirai une de ses lèvres entre les miennes, la suçant doucement. Je voulais non seulement la faire gémir, mais aussi l'entendre crier mon nom. J'enroulai mes mains autour d'elle et la soulevai sur la table. Un grognement m'échappa alors qu'elle se pressait contre ma queue qui durcissait à vitesse grand V.

Elle était grave sexy et une partie de moi se demandait pourquoi elle était toujours célibataire. Pourquoi, après un court mariage avec un abruti, était-elle à nouveau disponible pour que je la prenne ?

« Tu n'as pas idée depuis combien de temps je rêvais de faire ça », grognai-je en levant ses bras pour atteindre ses seins et ses tétons que j'avais l'habitude de sucer avec délice. Il fallait que je les voie, que je les touche, mais surtout, que je les sente avec ma langue.

J'arrachai rapidement sa chemise et la balançai derrière elle. Je ne perdis pas une seconde pour dégrafer son soutien-gorge et attraper sa poitrine à pleines mains.

Tous les souvenirs de nos moments ensemble commencèrent à me revenir comme un raz-de-marée. C'était putain d'incroyable d'avoir à nouveau ses seins entre les mains. Elle gémit quand je commençai à les sucer. Ils étaient toujours aussi délicieux que dans mon souvenir.

« Merde, tu es si sensible. »

Elle secoua la tête. « Ce sont tes mains, elles sont si grandes, si douces. J'adorais ça, quand tu me touchais. »

Je me relevai en fronçant les sourcils. « Tu *adorais* ? »

« J'*adore* quand tu me touches. »

Je changeai de rythme et plaçai mes mains dans son dos pour la rapprocher de moi, me penchant et taquinant ses tétons avec ma langue. Sa peau était tellement lisse, comme de la putain de soie. Tellement enivrante. Je ne pouvais m'empêcher de l'embrasser tout en décrivant des cercles lents, me délectant de sa beauté et de la chaleur du moment. Elle se balançait d'avant en arrière tout en passant ses doigts dans mes cheveux.

J'avais l'impression que j'allais exploser à tout moment.

J'essayais de me contrôler, mais c'était tellement difficile. Mes doigts commencèrent à remonter sous sa jupe. C'était super serré, mais soudain mes mains prirent possession de son cul. Sa culotte était si fine et légère, c'était presque comme si elle ne portait rien.

Avec son cul entre les mains, je lui serrai les fesses, puis je fis glisser mes doigts pour sentir sa chatte humide. Elle se mit à gémir et d'un seul coup, son string n'était plus qu'un souvenir.

Je la maintenais fermement en place alors que je baisais sa bouche avec ma langue, me focalisant sur son clito et le frottant de mes doigts.

Nous n'étions pas discrets, mais on se foutait de qui pouvait bien nous entendre. On s'était retenus pendant si longtemps et on venait de ressusciter toute la passion du passé en l'espace de quelques secondes. Je voulais juste la prendre.

Plus j'étais proche de la faire jouir, plus je la tenais fermement avec mon autre main. Je ne voulais pas qu'elle s'allonge sur la table. Tous les muscles de son corps se tendirent soudainement et sa voix culmina lorsqu'un orgasme la prit d'assaut.

Merde, c'était incroyable, la façon dont son corps tremblait. Je lui arrachai chaque goutte de plaisir en continuant à frotter son clito, la tenant fermement contre moi pour qu'elle ne puisse pas s'échapper.

« Ça faisait un bail », lâcha-t-elle à bout de souffle, tremblante, tout en levant les yeux vers moi.

Je pouvais voir qu'elle n'avait pas été touchée depuis longtemps. La façon dont elle répondait à chacune de mes caresses me disait qu'elle avait probablement un gode. Un qui ne pouvait pas la satisfaire, du moins pas de la manière dont je venais de le faire.

Ma bite me tuait, me suppliant de la pénétrer. Je ne pouvais pas juste aller aux chiottes et me branler. Non, ça n'aurait pas été pareil. Il fallait que je la prenne, ici et maintenant.

C'est alors que, avidement et sans permission, elle se mit à défaire ma ceinture.

« Je n'ai pas de préservatif », lui dis-je, hésitant. On avait une affaire à régler et elle était plus qu'un simple coup d'un soir — ou plutôt, vu que ce n'était pas encore le soir, un coup d'un après-midi.

« Je prends la pilule », déclara-t-elle.

J'aurais dû m'en réjouir, mais je ressentis soudain une

vague de jalousie. L'idée que les mains d'un autre homme puissent la toucher comme je le faisais en ce moment...

« Qu'est-ce qu'il y a ? » demanda-t-elle alors que je m'arrêtais net dans mon élan.

Je ne répondis pas et me secouai pour chasser ces pensées paralysantes, puis repoussai ses mains avides pour pouvoir les remplacer par les miennes. Je baissai mon pantalon et libérai ma queue.

« Tu ferais mieux de t'accrocher, je vais t'emmener au sommet. »

Elle ronronna en me tirant plus près. « J'ai trop hâte. »

Merde, l'idée d'être en elle sans aucun morceau de latex entre ma bite et ses plis me rendait fou. On ne l'avait fait qu'une seule fois comme ça, quand elle avait fait semblant d'être enceinte.

Je chopai son cul et m'enfonçai sans ménagement dans sa chatte. Il n'y avait aucune résistance et la faim que j'avais combattue pendant si longtemps éclata. J'avais essayé de la repousser au fond de mon esprit pendant si longtemps, mais j'étais tout simplement aux abois pour elle.

Nous criions tous les deux à chaque coup de reins. La table claquait contre le mur et nos gémissements résonnaient dans le couloir.

« Ne t'arrête pas, ne t'arrête pas ! » ne cessait-elle de me supplier. Mes mouvements étaient limités par mon pantalon qui était coincé au niveau de mes genoux, mais ça ne m'empêchait pas de profiter à fond de l'expérience. Elle s'accrochait à moi, une minute à mon bras, la suivante à mon épaule. C'était comme si elle perdait complètement le contrôle.

Peu importe ce qui lui passait par la tête, elle était splendide tandis que ma queue plongeait en elle encore et encore. Elle avait la bouche ouverte, haletante, alors qu'une autre vague de plaisir ébranlait son corps. Elle était si douce et malléable, et sa moiteur me permettait de bouger en elle avec facilité.

Je commençai à ralentir, car je ne voulais pas décharger trop rapidement. Je voulais prendre mon temps et profiter d'elle, alors je me mis à faire de longs et doux allers-retours. Je pouvais sentir chaque partie d'elle alors que je reculais mes hanches, puis, après m'être presque complètement retiré, je me renfonçais en elle. Je ne voulais qu'une chose : la faire mienne.

Je m'accrochai à l'une de ses fesses, me délectant de leur courbure. Elle avait une silhouette parfaite. Elle n'avait pas besoin de se mettre sur son trente-et-un ou de porter des vêtements chics. Madison était une beauté naturelle, et en ce moment, elle était toute à moi. Une fois de plus.

Je ressentis comme une pulsion animale lorsque je me mis à la baiser plus fort. Je savais que d'une minute à l'autre, sa chatte allait serrer ma queue comme un gant jusqu'à ce que j'explose en elle. Je voulais savourer ce moment un peu plus longtemps.

« Oh, oui », cria Madison lorsque je me mis à accélérer le rythme. Elle jouissait pour moi une fois de plus et je ne pouvais m'empêcher de gémir alors que son corps se contractait sous moi.

Putain, c'était incroyable la façon dont nos corps étaient parfaitement synchronisés.

Je plongeai plus profondément en elle, puis, après un dernier mouvement, mon corps fut pris de soubresauts. Mon sperme explosa en elle et je sus tout de suite qu'elle était à nouveau mienne.

Elle me voulait autant que je la voulais, et maintenant que j'y avais goûté, j'allais en redemander encore et encore.

Rien ne m'arrêterait.

7

―――――

Madison

J'ÉTAIS EN SUEUR, à moitié nue dans le hall. Hunter avait refait surface dans ma vie et j'avais perdu la raison.

C'était comme si on pouvait reprendre là où on s'était arrêté. Mais je ne pouvais pas être la personne que j'avais été à l'époque. Le genre de nana en manque d'affection qui faisait des trucs horribles.

Ce n'était pas Hunter le problème, c'était moi.

Mon côté hystérique, dont j'avais ignoré l'existence pendant longtemps, pointait sa vilaine tête dès qu'il était dans les parages. Je devais mettre un stop à tout ça avant qu'il ne se manifeste à nouveau. Je repoussai alors Hunter.

« Hunter, tu ne peux pas faire ça. »

Il se décala et je me penchai pour ramasser mon soutif sur le sol. Puis je cherchai ma chemise qu'il avait balancée sur la table.

« Mina, il faut qu'on parle. »

Je ne voulais pas de tout ça. Je ne l'avais jamais voulu. Lui, c'était le sportif, celui après lequel toutes les filles couraient et moi... Moi, j'étais juste Madison. Celle qui avait grandi dans un Mobil-home. Celle dont la propre famille pensait qu'elle n'était pas assez bien pour lui.

J'étais juste la pauvre fille dont il avait eu pitié et qu'il avait tolérée à ses côtés.

À l'époque, j'étais la moitié du temps paranoïaque et persuadée qu'il me trompait. Je le suivais et le traquais pour prouver que ma paranoïa n'était pas dans ma tête.

Il me rassurait, mais maman, papa et tous les autres me disaient que quelqu'un comme Hunter n'avait rien à faire avec une fille comme moi. Même si je voulais leur prouver qu'ils avaient tort, je n'y croyais pas moi-même et je me détestais pour ça.

J'avais décidé qu'un jour, je leur montrerais à tous que ce que nous avions, c'était de l'amour pur. Que j'étais la fille avec laquelle il voulait passer le reste de sa vie. Puis, poussée par le désespoir, j'avais pris une décision stupide et je l'avais perdu pour de bon.

« C'était sympa », dis-je tout en évitant son regard alors que je remettais de l'ordre dans mes vêtements.

« Sympa ? »

Il me tenait la main et voulait que je le regarde. Que je dise que c'était le meilleur coup que je n'avais jamais eu ou un truc du genre. Chaque fois avec lui était en effet incroyable, mais je ne pouvais pas flatter son ego. J'avais un fils à la maison et, entre le travail de nuit au centre d'appels et le travail de jour à la papeterie, je n'avais pas grand-chose à raconter, ni le temps pour ça.

Pas avec lui. Pas maintenant.

« Hunter, tu as réussi à ruiner mon groupe de mères célibataires. »

Je souriais et j'essayais d'effacer le moment que nous venions de partager. De le faire passer à autre chose une fois pour toutes. J'étais une moins que rien. Sa mère me l'avait dit. Elle n'avait pas besoin de me dire ce que je savais déjà.

C'était la raison pour laquelle j'essayais de bien m'habiller tous les jours ; pour me sentir mieux. Des fois ça marchait et des fois, j'avais juste l'impression d'être une impostrice.

« Tu es mon patron. Je suis ta secrétaire, bordel. C'est quand même une sacrée bonne raison pour ne pas être ensemble. On dit toujours de ne pas mélanger travail et plaisir, non ? Et puis, tu as de l'argent. Je n'ai pas un sou. Tu as une fille, j'ai un fils. Il y a trop de choses contre nous. On est des adultes, on doit commencer à agir comme tel. Le sexe ne résout pas tout. »

Je balançais tout sur un ton glacial. Je lui parlais de la même façon que sa mère me parlait quand je la croisais « par hasard ». Quand elle me disait que Hunter allait très bien. Qu'il était parfaitement heureux sans moi.

Je pouvais voir dans ses yeux qu'il était choqué par ma froideur. Son silence et son manque de protestation me firent comprendre qu'il ne répliquerait pas. J'essayais de mettre un peu d'ordre dans mes cheveux lorsque le concierge entra dans la pièce.

« Tout le monde est déjà parti », dit-il en se grattant la tête.

« La réunion a été brève cette semaine. »

Le concierge fit un signe de main en souriant, puis repartit dans la direction opposée.

Je levai un sourcil tout en adressant un sourire à Hunter. Un faux sourire pour lui faire comprendre que ça avait été bien sympa, mais que ça ne se reproduirait pas. Je ne voulais pas qu'il me perçoive comme l'adolescente en mal d'amour prête à tout pour être avec lui. Je me devais d'arrêter d'être cette personne et aller de l'avant.

« On devrait sortir d'ici », dis-je.

Je voyais que la colère montait en lui et qu'une veine

commençait à se former sur le côté de son cou. Il remit lentement sa ceinture tout en me fixant des yeux. Ces mêmes yeux verts qui me rassuraient sur le fait que nous serions ensemble pour toujours faisaient maintenant des trous dans le haut de mon crâne.

Il avait un avenir et il avait l'habitude de m'en parler en permanence. Pendant un certain temps, j'avais eu l'impression de faire partie de l'équation.

Je retenais mes larmes en pensant à la façon dont il m'avait dit qu'il m'avait pardonné et qu'il comprenait mon acte désespéré. Il ne l'avait vraiment jamais fait.

Il prit une profonde inspiration et lâcha : « Merci pour la baise. »

Suffisamment fort pour que M. Wile, le concierge, entende. De manière suffisamment horrible pour que les larmes que j'avais retenues depuis si longtemps se mettent à couler.

Je ramassai mon sac et me retournai rapidement pour qu'il ne me voie pas pleurer.

Il partit alors, me laissant plantée là comme une orpheline à une journée portes ouvertes. Tous les autres enfants avaient été choisis pour être adoptés et j'étais la seule qui restait parce que personne ne voulait de moi. Je n'étais ni assez jolie ni assez bonne pour être choisie.

Je savais qu'une fois de plus, j'avais agi bêtement. Et j'étais sûre que, tout comme la dernière fois, il ne voulait pas de moi.

Je n'entendis pas M. Wile se faufiler derrière moi. Il posa un bras rassurant sur mon épaule et sourit. « Les bruits que vous faisiez... Je suis sûr qu'il ne le pensait pas. »

Je lui rendis son sourire, puis réalisai soudain ce qu'il venait de dire. *Les bruits que nous faisions.*

M. Wile savait très bien ce qu'on avait fait et quand il me fit un clin d'œil, je me demandai s'il nous avait juste entendus ou s'il nous avait aussi vus.

Cette pensée me fit accélérer le pas et je me précipitai vers ma voiture. L'idée de lui en train de nous mater me donnait la chair de poule.

8

H^{unter}

JE N'ALLAIS PAS la laisser m'envoyer paître comme elle l'avait fait hier. Elle ressentait la même chose que moi et elle allait devoir se l'avouer.

J'étais en colère hier et j'avais pété les plombs. Le concierge bizarre avait aussi contribué à mon énervement. On allait faire face à la situation comme des adultes et discuter de la marche à suivre.

J'appuyai sur la sonnette de son appartement, ayant obtenu son adresse grâce aux dossiers de la société. Je savais que je n'aurais pas dû le faire, mais je ne me voyais pas attendre lundi pour la voir au bureau et je ne pouvais pas vraiment l'appeler. Alors j'avais décidé de me pointer ici et j'avais amené des renforts.

« Papa, dis-moi encore une fois pourquoi on est là ? »

« Olivia, je te l'ai dit. On vient rendre visite à une vieille amie. Ne t'inquiète pas, elle a un fils avec qui tu vas pouvoir jouer. »

« Oh, super. Est-ce qu'il aime aussi Nancy ? »

Je baissai les yeux sur Nancy, la poupée qu'elle tenait dans ses bras. J'avais déjà essayé de lui dire que tout le monde n'aimait pas jouer à la poupée, mais elle avait cinq ans et pensait que tout le monde devait aimer Nancy. L'idée qu'on puisse ne pas aimer Nancy ne l'effleurait même pas.

« Je ne pense pas, non. »

« Je savais bien que j'aurais dû apporter Barbie. Tout le monde aime Barbie, parce qu'elle a Ken. »

Cette idée me fit rire. Elle pensait que parce que Ken était un homme, le fils de Madison, Alex, voudrait jouer avec.

Elle se mit à faire la moue et me lâcha la main pour caresser Nancy, comme pour la consoler d'un rejet qui n'avait même pas encore eu lieu. J'avais envie de lui demander si elle me réconforterait moi aussi, si Madison me rejetait.

Je n'avais pas pu fermer l'œil de la nuit. Tout ce qui s'était déroulé dans le hall semblait couler de source et pourtant, Madison avait tout renié en bloc. Je m'étais renseigné avant de revenir à Meridian. Je savais qu'elle était célibataire, et ce, depuis un moment. Sa grossesse avait duré plus longtemps que son mariage, donc la seule chose qui faisait obstacle était son entêtement.

Je l'avais laissée se mettre entre nous une fois auparavant et je n'allais pas refaire la même erreur.

« Hunter, qu'est-ce que tu fous là ? » dit-elle en ouvrant la porte. On aurait dit qu'elle venait de se réveiller. Ses cheveux étaient en désordre et elle était vêtue d'un survêt et d'un T-shirt.

Je n'eus pas le temps de répondre qu'Olivia répondit en souriant : « Pour jouer. »

Je regardai Madison et répétai les mots d'Olivia. « Pour jouer. »

Elle nous fixait tous les deux et j'attendais, fébrile, qu'elle dise quelque chose. Peut-être qu'avoir amené Olivia n'était pas une bonne idée. Sur le moment, ça m'avait pourtant semblé l'être. J'amènerais ma gamine, son gamin serait là, les gosses s'entendraient bien et on pourrait tous surmonter cette épreuve.

« Oh, euh, Alex est endormi. »

« Non, je ne dors pas ! » cria une petite voix. Il sautillait sur place et si je l'avais croisé dans la rue, je n'aurais jamais deviné qu'il était le fils de Madison. De fait, il était son exact opposé, avec ses cheveux noirs et ses yeux assortis. Il était vêtu d'un T-shirt qui semblait avoir été attaqué par des pinceaux à maintes reprises.

On restait immobiles sur le pas de la porte, les yeux rivés l'un sur l'autre, et le seul mouvement était celui d'Alex en arrière-plan. Il était clair qu'il avait envie d'avoir de la compagnie, tout comme je désirais ardemment passer un moment avec elle.

Puis la mère de Madison, fameuse coureuse d'hommes, surgit derrière elle. « Oh, bonjour, Hunter. »

Son sens de la mode n'avait pas changé — elle s'habillait toujours comme si elle s'apprêtait à sortir en boîte de nuit, même si elle devait approcher la soixantaine.

Je fis un signe de tête. « Carol. »

Dire qu'aucune de nos mères n'aimait l'idée que nous sortions ensemble était un euphémisme. Ma mère pensait que Madison en faisait trop et que je pouvais faire mieux. Carol pensait simplement que nous étions des snobs. Il semblait pourtant que cette rivalité remontait au temps où nos mères étaient au lycée. Même si j'étais d'accord avec Carol jusqu'à un certain point — ma famille était un peu snob — ce n'était pas la vraie raison pour laquelle elle détestait ma famille. Mon père avait choisi ma mère, et non pas elle, au lycée.

« On est juste passés voir si Alex et Madison voulaient aller au parc ? »

On était à l'étroit dans l'embrasure de la porte de l'appartement de Madison. L'un de ses voisins passa devant nous et fit un clin d'œil à Carol. Visiblement, ses habitudes n'avaient pas changé.

Elle se pencha dans sa jupe en cuir et demanda à Olivia : « Tu aimes aller au parc ? »

Olivia hocha la tête, mais ses yeux étaient rivés sur Alex, tandis que les miens ne quittaient pas Madison.

« On peut entrer ? » demandai-je.

« C'est le bazar », répondit Carol pour Madison. « Vous pouvez attendre une minute ? On va ranger un peu. »

« Maman, ce n'est pas comme s'il y avait grand-chose à ranger », répliqua Madison.

Le faux sourire de Carol se transforma en un froncement de sourcils et j'eus l'impression de m'immiscer au milieu de quelque chose.

« Ce n'est pas un problème. On peut simplement attendre en bas », dis-je alors, réalisant qu'essayer de passer la porte d'entrée posait problème. Je ne voulais pas pousser le bouchon trop loin ou la sortie des enfants serait terminée avant même d'avoir commencée.

Madison acquiesça de la tête et, sans un autre mot, elle nous claqua la porte au nez. Je pouvais entendre crier à travers la porte et alors que je prenais la main d'Olivia et l'entraînais dans les escaliers, elle dit : « Papa, peut-être que le parc est une mauvaise idée. »

« Pourquoi tu dis ça ? »

« Sa maman avait l'air en colère. Tu es sûr que c'est ta copine ? »

Une fois que nous fûmes arrivés au rez-de-chaussée, je m'inclinai vers elle tout en me disant que ma fille était trop maline pour son bien. Elle comprenait tout ce qui se passait.

J'allais lui dire la vérité, car c'était le seul moyen d'aller au fond de sa question et de réussir à gagner les faveurs de Madison.

« Oui, papa a été vilain. » J'exagérai mon soupir. « Tu vois, j'aurais dû appeler avant, pour prévenir ».

« Ah, donc on les a surpris ? »

Je hochai la tête, me disant qu'elle commençait à comprendre.

« C'est logique. Papa a été impoli. On peut peut-être passer prendre Barbie et Ken en allant au parc ? »

« Je suppose que oui. »

Elle sourit. « Super. Tu vois, tu n'es pas un si mauvais papa que ça. »

Je ne savais pas si elle était sarcastique ou honnête. Je n'avais pas encore parfaitement saisi le mode d'emploi avec elle. Je commençai à lâcher l'affaire, me disant qu'elle n'avait que cinq ans... Mais quand elle me fit un clin d'œil et se mit à sautiller vers la voiture, je réalisai qu'elle me manipulait.

Eh bien, ça promettait pour les années à venir.

« Désolée que papa n'ait pas appelé avant », lança Olivia de but en blanc à Madison qui s'approchait.

Madison lui sourit. « Ce n'est pas ta faute, ma puce. Je suis désolée d'avoir été en colère tout à l'heure. »

« C'est rien », rayonna Olivia. « Est-ce que ta sœur veut venir aussi ? »

« Ma sœur ? » interrogea Madison.

« Oui, celle qui vit chez toi », dit Olivia en souriant à Madison.

« Oh, c'est ma mère. »

« Ouah, ma mamie ne s'habille pas comme ça. Elle s'habille comme une vieille dame », observa Olivia.

« Ma mamie ne veut pas qu'on sache qu'elle est ma grand-mère, alors elle me fait l'appeler par son prénom », dit Alex, comme s'il confirmait à Olivia que sa grand-mère était différente de toutes les autres grand-mères. Ils marchaient côte à côte comme s'ils se connaissaient depuis toujours. Ils avaient plus de choses en commun que je ne le pensais et en me retournant, je vis que Madison les regardait aussi.

« Je travaille de nuit le week-end et les lundis », dit-elle. Elle semblait plus détendue qu'hier. Elle avait l'air à l'aise dans son jean et son T-shirt, une tenue dans laquelle je ne l'avais pas vue depuis mon retour.

« Désolé de t'avoir réveillée. Je ne savais pas que tu avais deux boulots. Comment tu fais ? »

« Eh bien, je ne suis pas la seule, n'est-ce pas ? »

Je ris. « Je vois que tu t'es renseigné. »

Elle s'approcha de moi et des effluves de son shampoing à la vanille me parvinrent lorsqu'elle secoua ses cheveux. J'aurais pu la choper en deux temps, trois mouvements et l'embrasser comme je l'avais fait dans le hall, mais je fus ramené à la réalité par la voix de ma fille.

« Papa, Alex veut jouer avec Ken. On doit rentrer à la maison. »

Bon sang, que ma fille était exigeante. J'avais espéré qu'elle oublie un peu les poupées, vu qu'on était au parc.

« On pourrait juste aller chez toi ? » chuchota Madison hors de portée de voix des enfants.

Je me retournai pour lui faire face. Dans ma tête, j'étais venu pour faire prendre l'air aux enfants tout en passant du temps avec elle et discuter. Peut-être qu'elle était en train de flirter inconsciemment avec moi ?

Lorsque je posai la main dans le creux de son dos, elle ferma les yeux et prit une profonde inspiration. Je voyais bien qu'elle ressentait la même chose que moi à ce moment-là. Je la désirais à cet instant tout autant que je l'avais désirée dans le hall et je savais que chez moi, je ne pourrais pas lui résister, peu importe mes efforts.

« C'est une bonne idée. »

« Est-ce que ta mère est là ? » demanda-t-elle en posant une main sur mon bras.

Je secouai la tête. « Non, elle est partie rendre visite à ma tante pour la semaine. Mais ma nounou sera là, elle vit avec nous. Elle pourrait s'occuper des enfants. »

« Donc on pourrait être seuls. »

« Oui. »

« C'est une très bonne idée », dit-elle alors, faisant écho à mon sentiment.

9

M adison

HUNTER APPELA chez lui pendant le trajet en voiture et dit à Andrea que nous étions en route et qu'elle allait s'occuper des enfants pendant quelques heures. Je savais ce qu'il avait en tête.

Je n'avais pas pu m'empêcher de penser à lui depuis la veille. Je l'avais traité froidement, mais au final, ça me faisait plus de mal à moi qu'à lui.

Dès que nous entrâmes dans la maison, Andrea se présenta. La fille aux cheveux noirs ne perdit pas de temps et emmena promptement Olivia et Alex dans la salle de jeux. Je ne savais pas où celle-ci se trouvait, mais j'avais le sentiment qu'Alex s'y plairait. Tout était mieux que d'être à la maison avec moi en train de dormir ou avec ma mère en train de divertir sa dernière conquête.

Alex n'avait pas vraiment de copains en dehors de l'école. Il mentionnait parfois quelques camarades de classe, mais

46

personne ne venait jamais à la maison pour jouer. Il avait posé la question quelques fois, mais il avait arrêté d'essayer, sachant que la réponse serait *bientôt*.

J'avais deux boulots, non seulement pour faire en sorte que nous ayons un toit au-dessus de nos têtes, mais aussi pour m'assurer qu'il avait accès à tout ce que je n'avais jamais eu quand j'étais enfant. Même s'il était vrai que je m'inquiétais parfois d'avoir perdu de vue ce dont il avait vraiment besoin, à savoir une mère attentive à la maison.

« Comment se fait-il que ta mère soit ici ? Elle n'a plus son chez-elle ? » demandai-je, me sentant comme Alice au pays des merveilles. Notre Ti ressemblait à une goutte d'eau dans l'océan comparé à la maison de Hunter. On était dans le couloir, qui menait à d'autres couloirs plutôt qu'à des portes, mais je me contentais de suivre Hunter, ne sachant pas trop dans quelle direction il allait, ni où cela menait.

« Oh, elle l'a vendu. Elle est venue me donner un coup de main avec Olivia avant de repartir voyager et voir le monde. Je pense que ce mode de vie la lassait un peu, alors quand je lui ai demandé de m'aider, elle était plus que disposée. »

« Je vois. »

« Ça ne me dérange pas. » Il haussa les épaules, comme s'il n'avait pas honte d'admettre qu'il vivait avec sa mère.

Je ris. « De vivre avec ta mère ? »

Il prit ma main et dit : « Oui, pourquoi pas ? Ça ne me dérange pas d'avoir de la compagnie féminine de temps en temps. Et puis, je voyais bien qu'elle se sentait seule. Ça a beau s'être passé il y a longtemps, papa lui a quand même brisé le cœur. Je ne pense pas qu'elle veuille le récupérer, mais je pense que ça lui manquait d'avoir de la compagnie humaine au quotidien. »

Timidement, je retirai ma main. « Tu n'as jamais manqué de compagnie féminine au lycée. Et encore moins en tant que star du foot. »

Il secoua la tête et l'ambiance changea quand il se mit à parcourir la pièce. Je regardai autour de moi et en conclus qu'on devait être dans son repaire. C'était un espace confortable avec un canapé en cuir qui pouvait facilement asseoir au moins dix personnes. Des photos de lui et d'Olivia décoraient les murs, ainsi que quelques peintures abstraites ici et là. J'allais lui demander ce que nous faisions dans cette pièce, mais je me retins, car je pouvais voir qu'il avait quelque chose en tête. Est-ce que c'étaient les enfants ou ce que j'avais dit sur ses fans au lycée ?

« Et les enfants ? » demandai-je alors qu'il se dirigeait vers la porte.

« Andrea va s'occuper d'eux. Ils sont dans la salle de jeux, qui est de l'autre côté de la maison. Il se peut qu'Andrea les emmène aussi se baigner. On a tout le temps de parler, ne t'inquiète pas. »

J'étais tentée de lui demander pourquoi il avait débarqué chez moi un samedi après-midi à l'improviste. Pire encore, comment diable savait-il où j'habitais ?

« Tu as eu des nouvelles des filles depuis hier ? » demanda Hunter en s'avançant vers moi. Je m'éloignais, mais mes yeux étaient fermement rivés sur lui.

Il se dirigea alors dans la direction opposée, vers une table en ivoire sombre dans un coin de la pièce et y déposa son téléphone. Il y avait un piano à proximité et des souvenirs de Hunter jouant et disant qu'il envisagerait peut-être de jouer professionnellement resurgirent dans mon esprit. Je sentais toute la force de son attraction refaire surface lorsque je pensais aux fois où j'allais chez lui pour l'écouter jouer et où il déversait ses frustrations sur le piano. Il pouvait mettre toutes les facettes de son âme dans un même morceau.

Mais bon, il n'y avait rien pour lequel cet homme n'était pas doué. Surtout sa façon qu'il avait de me rendre dingue, que ce soit dans un lit ou ailleurs.

« Non », murmurai-je en pensant à ce qui s'était passé la veille. Je n'avais pas réalisé qu'il se tenait maintenant derrière moi.

« Tu veux que je te joue quelque chose ? »

Il s'assit et sourit comme il le faisait autrefois, de ce sourire qui me faisait oublier ce qui se passait à la maison. Oublier que j'avais une mère qui ne savait même pas lequel de ses anciens petits amis pouvait bien être mon père, mais qui était restée avec l'homme au Mobil-home, parce que bon, il se pouvait qu'il soit mon père et parce qu'il était gentil avec elle.

C'était peut-être pour ça qu'elle prenait soin d'Alex, parce qu'une partie d'elle se sentait coupable de mon enfance. C'était une conversation que je voulais avoir avec elle, mais je n'avais jamais trouvé le bon moment.

« Tu penses à quoi ? »

« Tu te souviens de la chanson que tu jouais pour moi quand j'étais triste ? » demandai-je en m'asseyant. Je le regardais bien en face tout en me demandant s'il pouvait me faire sentir à nouveau comme ça. Pas la ratée que j'étais maintenant, mais la femme que j'aspirais alors à être.

Il repoussa une mèche de cheveux de mon visage et me demanda : « Est-ce que tu es triste ? ».

Je hochai la tête alors qu'une larme m'échappait. « Parfois. »

« Tu ne devrais jamais te sentir triste, Madison Young », dit-il doucement en embrassant délicatement ma joue. « Tu es trop belle pour t'apitoyer sur ton sort. »

Je ne pus m'empêcher de sourire lorsqu'il ouvrit le piano et commença à jouer l'air sans nom. Ça ne voulait rien dire pour personne, mais ça signifiait tout pour moi.

« J'ai composé ce nouveau morceau une fois où je pensais à toi », dit-il alors que la chanson amorçait une transition.

« Juste une fois ? »

« Eh bien, bien plus d'une fois. »

Sans mots, les notes me disaient que nous avions été des

inconnus et puis, quelque part au cours du chemin, nous étions devenus amis. Des amis qui se confiaient leurs peurs les plus profondes.

C'était grâce à Hunter que j'avais appris la vraie raison pour laquelle ma mère détestait la famille James. Elle pensait que Brenda, la mère de Hunter, lui avait volé Keith, le père de Hunter. Ils sortaient ensemble à une époque, mais il était clair que maman ne pouvait pas être fidèle à un seul homme. Je m'étais demandé à un moment si elle était accro au sexe, mais en vieillissant, j'avais compris qu'elle manquait juste d'assurance et qu'elle recherchait l'attention du sexe opposé pour essayer de combler un vide.

Tout en l'écoutant jouer, je me demandais si je ne souffrais pas moi-même du même besoin d'attention. C'était peut-être pour ça que j'avais dit à Hunter que j'étais enceinte et que j'étais à la clinique d'avortement alors que je savais qu'il y avait un recruteur universitaire dans les tribunes du match. Ce match aurait été le facteur déterminant pour qu'il obtienne la bourse qu'il désirait tant.

Alors que la chanson touchait à sa fin, je réalisai que Hunter l'avait changée. Je me retournai pour le regarder ; ses yeux étaient fermés et ses mains se déplaçaient sans effort sur les touches. La chanson commença à me faire pleurer et les larmes se mirent à couler de façon incontrôlable.

Sans me regarder, il stabilisa ses mains et dit : « J'ai changé la fin quand tu m'as quitté. La chanson était complètement différente avant. »

Mes souvenirs n'étaient pas les mêmes. C'était lui qui m'avait larguée, pas l'inverse.

J'essayai de le toucher, mais on aurait dit que je n'étais pas la seule à pleurer, car il évita mon regard et marmonna *je dois juste aller aux toilettes* avant de quitter rapidement la pièce.

～

QUAND IL REVINT, ses cheveux étaient légèrement humides et je supposai qu'il s'était lavé le visage.

J'affichai un faux sourire tout en me disant que j'avais gâché la journée. Je me disais parfois que j'étais ma pire ennemie quand il s'agissait de bonheur. Apparemment, je n'étais jamais capable de reconnaître ou de saisir l'instant pour être heureuse.

Il me tendit la main. « Laisse-moi te faire visiter la maison. J'ai tout fait rénover quand on a emménagé. »

« Il y a six semaines. »

« Ah, on dirait que je n'étais pas le seul à faire l'espion, n'est-ce pas ? »

Il m'avait grillée. Je savais très bien qu'il était en ville. Une partie de moi était triste de ne pas avoir été la première personne qu'il était venu voir quand il avait emménagé. J'attrapai sa main et il prit les devants pour me faire visiter ce qu'il appelait une « maison ». J'aurais plutôt appelé ça un manoir.

« Donc, voici le salon. Parfois je le trouve un peu stérile, contrairement à la pièce d'où nous venons et où nous passons la plupart de notre temps. »

Je regardai le canapé blanc et les tapis assortis parfaitement disposés, dignes d'une parution dans le magazine *Hello*. Rien n'était de travers dans cette pièce ; personne ne croirait qu'un enfant vivait dans cette maison. La porte de la véranda donnait sur la cour arrière et les nombreuses décorations sur la cheminée donnaient un côté chaleureux et bienveillant.

J'avais des visions des fêtes de fin d'année. Ils mettraient un sapin de Noël dans un coin et accrocheraient des guirlandes et des décorations partout. Ils auraient tout ce que je ne pouvais même envisager de mettre dans mon appartement miteux.

« Viens, laisse-moi te montrer… »

« Ta chambre ? »

Hunter eut un grand sourire, tel un enfant sur le point de faire des bêtises.

« Et les enfants ? »

« Combien de fois dois-je te le dire ? Andrea est avec eux. Elle va leur donner à manger. Jouer avec eux. Elle va bien s'occuper d'eux. Dans l'immédiat, c'est juste toi et moi. »

Je n'eus pas le temps de protester : il attrapa ma main et me traîna dans le couloir et en haut des escaliers. Dès que nous arrivâmes dans sa chambre, il n'hésita pas et claqua la porte derrière nous.

Il me plaqua contre la porte, puis ses mains se posèrent sur mes hanches. J'aurais dû lui dire que je voulais qu'on parle, qu'on apprenne à se connaître à nouveau, mais alors que ses mains descendaient lentement le long de mes cuisses, la seule chose que je pouvais faire était de respirer. Je ne pouvais pas continuer à faire semblant de ne pas avoir envie de lui. Mon cœur battait si fort que je me demandais si les autres pouvaient l'entendre en bas.

Il déboutonna mon jean et se mit à quatre pattes. Je passai mes doigts dans ses cheveux blonds et soyeux. Ils étaient un peu plus longs maintenant, plus doux. J'avais toujours adoré ses cheveux.

Ne faisant ni une ni deux, il enleva ma culotte et mon jean d'un seul mouvement. Ses gestes étaient doux alors que je levais mes jambes l'une après l'autre pour l'aider à me déshabiller. Puis, il caressa doucement mon entrée de bas en haut et je sentis que je devenais instantanément humide. Je poussai un soupir tout en m'appuyant davantage contre la porte. Il glissa alors un long doigt tentateur en moi. J'ouvris les jambes et son doigt fut bientôt rejoint par sa langue qui me léchait le clito. Je n'avais même pas eu l'occasion d'atteindre le lit ou de regarder autour de moi, mon attention entièrement portée sur Hunter alors que sa langue et ses doigts continuaient à me sonder jusqu'à ce qu'il trouve mon point G.

« Ah ! » gémis-je, traversée par une vague de plaisir. Les assauts de Hunter étaient lents et rythmés. Je me liquéfiais de l'intérieur.

Je m'accrochais à sa tête, pensant qu'il n'avait aucune idée à quel point il me rendait dingue ce moment.

« Tu as un goût tellement parfait. »

« Pourquoi tu ne me baises pas plutôt ? »

« Vraiment ? »

Il n'était plus entre mes jambes. C'était comme s'il y avait un espace que lui seul pouvait remplir. Je ne voulais pas qu'il s'arrête, mais quand il se leva, je compris qu'il n'avait qu'une seule envie : me faire le supplier.

En se levant, il posa son pouce sur mon clito et grogna : « Tu n'aimes pas ça ? ».

Je voulais protester et lui redire de me baiser, mais il faisait toutes ces choses exquises avec ses mains. C'était sensationnel. Son visage était si près du mien et, aussi incroyable que cela puisse paraître, l'odeur de mon intimité sur son visage me donna envie de l'embrasser. Je ne pouvais plus me retenir. Je m'accrochai à son cou et avec le goût de moi-même sur sa langue, mon corps se mit à trembler, jouissant sous ses doigts.

« Putain ! » criai-je. Je me sentais comme une feuille dans le vent, entraînée vers des territoires inconnus. Il pressa son corps contre le mien puis m'embrassa délicatement sur l'épaule. De nouveau, il se mit à me déshabiller, reculant d'un pas et levant mes bras en l'air. Tout en faisant délicatement courir sa bouche d'une de mes épaules à l'autre, il fit tomber mon haut sur le sol. Mon soutien-gorge suivit de près. Il changea alors de rythme et ralentit tout en caressant mes hanches de ses doigts.

Puis il s'éloigna légèrement. « Je veux te regarder. »

Ses mains se saisirent de mes seins et il se mit à les pétrir doucement, tout en faisant rouler mes tétons entre ses doigts. Une de ses mains resta à explorer ma poitrine tandis que l'autre descendit lentement le long de mon ventre, avant de se glisser entre mes jambes et d'écarter mes plis.

« Comment ça se fait que je vienne de jouir et que j'en

veuille encore ? » confessai-je, décidant que je n'allais plus cacher mes vrais sentiments.

« Hmm, ce n'est pas ce que tu disais hier. »

Il marqua une pause lorsque je m'emparai de sa main.

« Je veux juste ne pas souffrir à nouveau », admis-je.

Ses yeux étaient rivés sur moi, et alors qu'il m'embrassait, je me demandai s'il allait encore me faire du mal. Ou bien était-ce moi la coupable dans l'histoire ?

Son baiser était plus fougueux cette fois et il se saisit de mes épaules alors que sa langue ravageait ma bouche. Il me plaqua contre la porte en bois, ignorant complètement mon commentaire. Mon cœur s'emballa.

Je ne savais pas où étaient les enfants et nous aurions dû faire moins de bruit. Il respirait lourdement dans ma bouche tout en me poussant contre la porte.

« Mina », gémit-il, et cette fois, c'était moi qui l'embrassais, m'accrochant à lui comme si ma vie en dépendait. Il s'inséra en moi comme si j'étais faite pour lui, me faisant me sentir complète. Il n'y avait jamais eu un moment d'inconfort entre Hunter et moi et tous les sentiments d'insécurité que j'avais pu avoir s'évanouirent soudain. Il projetait ses hanches avec force et sans ménagement et mon dos rebondissait contre la porte comme une balle de tennis alors qu'il s'enfonçait en moi encore et encore. C'était exactement ce dont mon esprit avait besoin et ce que mon corps demandait. Une vague de plaisir m'envahit.

« C'est ça que tu voulais ? », lâcha-t-il, haletant, tout en donnant un coup de reins.

« Plus fort ! »

J'avais besoin de me faire baiser et d'oublier toute la douleur et tous les souvenirs de notre passé. En réalité, je savais bien qu'ils referaient surface dès qu'on aurait fini, mais pour l'instant, je voulais juste qu'ils disparaissent. Je voulais Hunter.

J'avais besoin de profiter de lui pleinement. De me remémorer ce que ça faisait d'être avec lui.

« Comme ça ? »

« Oui ! Ne t'arrête pas ! »

Je ne voulais pas jouir. Je voulais que l'on continue encore et encore. Un feu furieux brûlait en moi et il était impossible de l'ignorer. Sa rigidité me poussait à bout alors qu'il m'étirait et me possédait.

« Oui », gémissais-je chaque fois qu'il s'enfonçait en moi. J'avais l'impression d'être sur le point d'exploser, haletante et le souffle court, alors que sa bouche gravitait vers la mienne. C'était comme s'il voulait me faire taire avec son baiser. Ses doigts s'enfoncèrent plus profondément dans mes fesses tandis que sa vitesse augmentait.

« Putain », dit-il en serrant les dents alors qu'il se rapprochait du point de non-retour. Je savais que je ne tarderais pas à le rejoindre, car je commençais à trembler. J'avais déjà joui si fort que ça me faisait peur. Je sentis alors sa libération se propager si profondément en moi que j'aurais pu jurer qu'elle avait touché ma colonne vertébrale. Je l'accueillis à bras ouverts.

Hunter rit. « Je me demande si j'enlèverai un jour mon pantalon avant qu'on ne passe à l'action. »

« Eh bien, si tu n'étais pas si impatient, on aurait peut-être pu profiter de ton lit. »

Je parcourus la pièce des yeux. Le fait que nous venions de baiser contre la porte de sa chambre et non dans son lit aurait dû me faire sentir sale, mais il y avait quelque chose d'excitant à être prise comme ça, comme s'il ne pouvait pas attendre de m'avoir.

Je voulais voir tout de lui.

Il relâcha son étreinte et désigna son lit monstrueux, qui aurait facilement pu accueillir toute ma famille. Sa chambre était grande. Non, elle était énorme, putain. J'étais abasourdie par sa taille alors que je déambulais telle Boucle d'or dans la maison des trois ours. Seulement j'étais nue dans sa chambre et nos enfants étaient en bas.

Le lit n'occupait qu'une fraction de la pièce aux tons crème, si différente de la chambre sombre qu'il avait eue au lycée. Ici au contraire, tout était clair et dans un coin il y avait des photos d'Olivia, presque comme un autel en son honneur. Dans un autre coin, il y avait un canapé et quelques livres sur une étagère.

« Notre aire de jeu, à Olivia et moi », dit-il fièrement alors que je m'avançais vers une zone où se trouvaient des poufs et une table où trônait une dînette.

« Vous jouez ici ? »

Il rit. « Parfois, quand elle n'a pas envie de rester dans sa chambre, on monte ici et on passe du temps dans ce petit coin. Il y a quelques-uns de ses livres, ses jouets et tout ce qu'il faut. »

Je me retournai et réalisai que je n'étais plus la seule à être nue.

« Alors, ça te dit d'essayer mon lit maintenant ? » demanda-t-il en s'avançant vers moi.

Je pris sa main et souris. « Je pensais que tu ne le demanderais jamais. »

Il m'embrassa la main et je sus que cette fois les choses allaient être plus douces. Nous allions y aller doucement, comme nous aurions dû le faire depuis le début. Cela allait être les prémices d'un nouveau départ, un départ plus brillant cette fois.

Je souriais alors qu'il m'allongeait sur la couette moelleuse, ne pensant plus au passé ni même au fait qu'il était mon patron. J'étais juste heureuse qu'il soit à nouveau mon amant.

10

H *unter*

Je la tins dans mes bras toute la nuit et ne voulais pas la laisser partir. Madison n'était pas une passade et elle devait comprendre que j'étais sérieux à propos de notre relation.

Andrea était la nounou parfaite, s'assurant que les enfants étaient nourris et divertis, et de mon côté je faisais la même chose avec Madison.

« Bonjour, ma belle au bois dormant », dis-je en tirant les couvertures qui recouvraient sa tête.

« Argh, j'aurais dû aller travailler », grogna-t-elle en jetant un coup d'œil à l'horloge antique accrochée au mur.

J'étais déçu que ce soit la première chose à laquelle elle pense après une nuit si magique. Enfin, magique de mon point de vue.

Je fis un geste pour sortir du lit, mais elle m'attrapa la main pour m'arrêter. « Je plaisantais. »

Bon sang, j'étais un vrai trouillard de penser qu'elle était sérieuse et qu'elle n'appréciait pas le temps qu'elle passait avec moi. Envoyant voler mes doutes, je dis en rigolant : « Je m'en doutais, vu la façon dont tu as hurlé cette nuit. J'ai même cru à un moment que les vitres allaient éclater ! ».

Elle se retourna et me jeta un oreiller. Je rigolai tout en l'attrapant au vol et en le lui renvoyant.

« Je vais prendre une douche. Je me disais qu'on aurait pu sortir avec les enfants aujourd'hui. »

« J'aurais vraiment dû aller bosser. Je ne sais pas pourquoi, mais je pensais que toi aussi tu travaillerais le week-end ou la nuit, étant donné que tu as une autre entreprise. »

Je secouai la tête. « Olivia est ma priorité ; j'essaie de travailler le moins possible quand elle est à la maison, surtout le week-end. »

Elle hocha la tête et je la regardai s'asseoir pensivement sur le lit. Je savais ce qui lui trottait dans la tête : l'idée qu'elle n'avait pas un tel luxe. Ce n'était pas mon intention de la mettre mal à l'aise, mais j'avais l'impression de l'avoir fait sans le vouloir.

« Mina, je pense que tu devrais me rejoindre sous la douche », dis-je, essayant de la tirer de ses pensées.

Je voyais que son esprit divaguait et que notre temps dans la chambre n'était plus au centre de ses préoccupations, mais j'avais toujours envie d'elle. Nous avions exactement douze ans de retard à rattraper.

« Vraiment ? » dit-elle en levant un sourcil. « Je devrais aller voir Alex. »

« Tu l'as fait hier soir et il allait bien. »

Elle soupira. « Il m'a demandé s'il fallait vraiment qu'on parte. »

Je voyais sur son visage qu'elle se sentait coupable qu'Alex ne veuille pas rentrer chez lui. Si les choses continuaient comme ça, tout allait s'arranger beaucoup plus vite que je ne l'avais espéré. C'était si naturel d'être avec elle, je ne voulais pas que ça s'arrête.

« Tu viens ou pas ? »

Elle se leva du lit de manière séduisante et instantanément, je sus la réponse à ma question.

« Peut-être qu'Alex a raison. Vous n'avez pas à partir. »

Elle m'embrassa doucement sur les lèvres. « Chaque chose en son temps. Tu es toujours mon patron et nous avons été séparés pendant très longtemps. Et il y a des enfants impliqués maintenant, il ne s'agit plus seulement de toi et moi. »

Je hochai la tête. « Je ne pensais qu'à ça avant d'emménager en ville. »

Madison avait raison, nous n'avions même pas eu de conversation sur ce que l'avenir nous réservait. Tout ce que je savais, c'était que mon rêve de la voir revenir dans ma vie était loin d'être un fantasme. Je voulais qu'elle reste ici avec moi. Pas seulement pour le week-end, mais pour toujours. Elle pouvait prétendre qu'elle ne ressentait pas la même chose, mais je savais qu'au fond d'elle, c'était le cas.

11

H *unter*

Au cours des deux dernières semaines au bureau, Madison et moi avions essayé de garder notre relation professionnelle... mais j'étais parfois faible et elle aussi. Nous savions qu'il y avait probablement une rumeur qui commençait à courir sur nous deux, mais aucun de nous ne s'en souciait.

J'allais même parfois à l'école d'Alex pour aider Carol avec les sorties d'école, tel un adolescent en mal d'amour. Dire que les choses allaient bien entre Madison et moi était un euphémisme. Notre relation était différente de celle du lycée ; nous n'étions plus des gamins.

« Hé, qu'est-ce que tu fais là ? » demanda Madison alors que je venais la chercher au travail un dimanche matin. Elle aurait dû être en train de se reposer, comme tout le monde après une longue semaine au bureau. Je venais de déposer les enfants chez maman et les yeux fatigués de Madison m'indiquaient que la nuit n'avait pas été bonne.

Je brandis une rose que j'avais cachée derrière mon dos. « Tiens, c'est pour toi, Mina. »

« C'est adorable ! », ronronna-t-elle en se mettant sur la pointe des pieds pour me donner un baiser, écrasant au passage la rose que j'avais achetée pour lui donner le sourire.

« Eh bien, je sais que tu travailles dur et j'ai pensé que tu méritais une gâterie, ce qui était visiblement une bonne idée, vu que tu as l'air d'avoir passé une si mauvaise nuit. »

« Hunter, on en a déjà parlé. J'ai besoin de travailler. Je ne peux pas quitter mon second travail. Je veux que les choses marchent entre nous, mais je veux y aller lentement. »

Je hochai la tête. « OK, calme-toi ! J'allais juste t'emmener prendre le petit-déjeuner avant ta prise de poste. Il faut que tu manges, parce que j'ai entendu dire que parfois, et surtout le week-end, tu oublies de manger. »

Elle haussa les épaules. « OK. Désolée, je pensais qu'on allait avoir la discussion sur "arrête ton deuxième boulot, je peux t'aider à payer tes factures". Ou mieux encore, "emménage avec moi". »

Alex avait laissé entendre plus d'une fois qu'il aimait passer le week-end à la maison. Je savais que c'était surtout parce que, même s'il aimait beaucoup sa mère, passer le week-end chez nous et avoir son propre lit était un luxe pour lui.

Elle laissa sa voiture sur le parking, car je lui avais promis de l'emmener au travail plus tard. Je ne lui avais pas dit que j'avais une petite surprise pour elle à la maison. Une surprise que j'espérais qu'elle apprécierait.

« La nuit dernière, je n'ai presque rien fait au centre d'appels. Ils comptabilisent maintenant le nombre d'appels que nous traitons chaque nuit et j'ai passé un temps fou à chercher le dossier de réclamation d'une cliente, tout ça pour finir par lui dire que son mari avait cessé de payer les modalités supplémentaires de la police il y a trois mois. Et maintenant je vais probablement me faire engueuler pour ne pas avoir été assez "productive". »

« Ça craint », dis-je en voyant la tristesse dans ses yeux.

« Je sais. Le système médical de ce pays est vraiment mal foutu. »

J'étais d'accord, mais je ne voulais pas être complètement négatif, alors je dis : « Mais il fonctionne, malgré tout. »

« Pour les gens comme toi. Mais dire à quelqu'un que l'hôpital a le droit de refuser de les soigner parce que leur assurance ne couvre pas le traitement ? Ça me fout en l'air. »

« Qu'est-ce que tu penses qu'il faille faire ? »

Elle me lança un sourire. « Tu ne peux pas sauver le monde. »

« Mais je pourrais faire avancer les choses si j'avais la bonne personne pour m'indiquer la marche à suivre. »

J'embrassai sa main et elle me regarda, essayant probablement de comprendre si j'étais sincère ou non.

« Je suis sérieux », dis-je. « Si chacun faisait sa part, les choses iraient mieux. Ce n'est pas juste une question que le gouvernement est nul et qu'il doit changer les choses. Il y a suffisamment de gens riches dans ce pays pour mettre la main à la pâte et changer la donne. Je ne suis pas aussi riche que certains de mes coéquipiers, mais je suis sûr que si je leur demandais un coup de main, ça ne les dérangerait pas. »

Je lui ouvris la porte de la voiture, impatient de lui montrer la surprise qui l'attendait chez moi. Chaque fois qu'elle venait, je me sentais mal quand elle devait rentrer chez elle. Son appartement n'était pas dans le meilleur quartier de la ville et je savais qu'Alex aimait passer du temps avec Olivia. Ces deux-là s'entendaient comme larrons en foire.

« Alex et Olivia me font rire », dis-je, changeant de sujet en montant dans la voiture. « Ils parlaient d'aller dans la même école. »

Elle laissa retomber sa tête en arrière alors que je commençais à conduire. « C'est quand même dingue que nos enfants soient presque du même âge alors que nous les avons eus avec des partenaires différents. »

« M'en parle pas. »

Je savais qu'elle voulait vraiment savoir, alors je lui racontai avant même qu'elle puisse poser la question.

« Je ne sais même pas vraiment qui est la mère d'Olivia. » Je lui jetai un bref coup d'œil et vis que ses yeux m'observaient, attendant que je lui raconte toute l'histoire. « J'ai eu une sorte de mauvaise période, où je faisais la fête à tout-va après chaque match. Je devrais m'estimer ravi qu'un seul bébé en soit sorti et qu'il n'y en ait pas toute une ribambelle. Je ne peux même pas mettre mon attitude sur le compte de quelque chose de spécifique... peut-être que c'était juste la solitude. Même avec tout cet argent, je me sentais parfois seul. Tu penses sûrement que c'est insensé ? »

Madison soupira. « Pas vraiment. Parfois, je pense que l'argent résoudrait tous mes problèmes, mais ensuite je réalise que je rencontrerais de nouvelles difficultés. Mais tu as dû avoir des propositions — les femmes devaient toutes se jeter à tes pieds ! »

« J'ai eu quelques aventures d'un soir quand je me sentais seul et j'ai aussi essayé de sortir avec quelques femmes, mais il y avait toujours quelque chose qui manquait. Certaines voulaient juste une star du foot à leur bras et le statut qui allait avec. D'autres avaient entendu la rumeur selon laquelle j'étais génial au plumard et voulaient juste du sexe. Et puis il y avait celles qui en avaient uniquement après mon argent. J'avais l'impression de chercher l'amour partout où il ne fallait pas. »

« On dirait les paroles d'une chanson. »

C'est vrai que ça sonnait un peu ringard, mais j'étais sincère.

« Je me suis complètement investi dans le sport après notre

rupture et quand j'ai découvert que tu t'étais mariée, j'ai décidé que penser à toi était une perte de temps. »

« Je me suis mariée juste après notre rupture parce que je me suis dit — et maman m'a aussi influencée dans ce sens — qu'il fallait que je sois avec quelqu'un de mon niveau. Quelqu'un qui n'était pas riche ou éduqué. »

Ses yeux se tournèrent soudainement vers moi, attendant que je dise quelque chose. Je restai silencieux, baissant la musique et me concentrant sur la route. Elle se mit alors à regarder par la fenêtre.

« Steve se trouvait juste au bon endroit au bon moment. Ou du moins, c'est ce que je pensais. »

Je détestais avoir ce genre de conversation dans la voiture. Je ne pouvais pas la regarder en face pour savoir ce qu'elle pensait vraiment.

« On travaillait tous les deux dans un centre d'appels. Nous sommes sortis ensemble pendant un moment et tout se passait bien, mais dès que nous nous sommes mariés, il a commencé à me tromper. Il inventait des excuses pour justifier son geste : je m'étais laissée aller, on devrait vivre dans une autre ville — c'est d'ailleurs la raison pour laquelle j'ai déménagé — oh et le classique je n'étais pas assez aventureuse au lit. Le pire, c'est que je l'ai cru. Puis, il s'est fait la malle dès que je lui ai dit que j'étais enceinte. Il a dit que c'était trop de responsabilités et a pris la poudre d'escampette. C'est là que j'ai dû revenir en ville : je ne pouvais pas élever Alex toute seule et maman avait proposé de m'aider. »

Je n'arrivais pas à me faire à ce genre de philosophie. C'était complètement dingue et je me sentais coupable de ne pas avoir été là pour elle quand elle avait besoin de moi.

« Donc, parce que vous aviez été élevés de façon similaire, tu pensais que vous étiez plus compatibles ? » demandai-je alors que je garais la voiture dans mon allée.

Elle haussa les épaules et fronça les sourcils en même temps.

« Pas exactement, mais quand on n'a pas l'impression d'être la personne la plus pauvre de la pièce lors de barbecues ou de fêtes de famille, c'est plus facile. »

« Plus facile pour qui ? »

« C'était plus facile pour moi. J'avais l'habitude d'être tellement mal à l'aise dans ta maison. Tu n'as pas idée. »

« Mais on n'a jamais fait en sorte que tu ressentes ça. »

Elle secoua la tête. « Ce n'était pas une question d'intention. On était invités à des mariages ou autres et la seule chose qui me trottait dans la tête était de savoir comment j'allais bien pouvoir me payer une robe pour y aller. »

« Je le savais et je t'ai acheté des robes à chaque fois pour que tu n'aies pas de souci à te faire. »

« Mais c'est pourtant ce que je ressentais. »

Elle commençait à s'agiter et cette conversation ne nous menait nulle part. Ça ne faisait que faire remonter à la surface des souvenirs gênants.

« Et rien n'a changé ? »

Elle hésita à répondre, alors je continuai, essayant de trouver un moyen de lui faire comprendre.

« Je ne peux pas m'excuser ou faire semblant d'être triste d'avoir de l'argent. Oui, c'est vrai, je peux me permettre des vacances et des vêtements chers, mais je n'ai jamais essayé ou voulu te faire sentir que tu n'as pas ta place avec moi. Parce que dans ma tête, c'est ce qui est ici qui compte », dis-je en mettant la main sur mon cœur.

« Je le sais maintenant. Mais à l'époque, on était jeunes et j'avais toutes sortes d'insécurités. »

Madison m'avait menti à l'époque et je voyais bien qu'elle mentait en ce moment même. Elle agissait comme si ce n'était pas toujours un problème.

Je sortis de la voiture et en fis le tour en courant pour lui ouvrir la portière. Je lui pris la main et la conduisis à l'arrière de la maison, où j'avais prévu un petit-déjeuner romantique.

« C'est pour moi ? »

Je fis un clin d'œil. « Je pensais faire quelque chose de romantique pour une fois dans ma vie. Ce n'est pas moi qui ai préparé le petit-déjeuner, mais je suis allé à la boulangerie moi-même. »

Elle eut un petit rire. « C'est adorable, Hunter. Tu viens me chercher au travail avec une rose, tu prévois un petit-déjeuner romantique... je pourrais bien m'y habituer », dit-elle en m'embrassant doucement sur les lèvres.

J'y comptais bien, car ça faisait partie du plan. Je n'avais pas d'intentions cachées, à part passer plus de temps avec elle. Plus je la côtoyais, plus je la voulais dans ma vie. Pas seulement pour maintenant, mais pour toujours.

12

____

M *adison*

C'ÉTAIT vendredi et j'étais épuisée, alors c'est Hunter qui alla récupérer les enfants et je décidai que je devais retourner à l'appartement. C'était chez moi, et même si j'aimais passer du temps chez lui, on devait y aller lentement. Surtout avec Olivia et Alex qui s'entendaient si bien.

Il fut un temps où j'avais l'impression de tout savoir sur Hunter, mais il ne cessait de me surprendre. D'abord, la rose qu'il avait apportée en venant me chercher au travail, puis le petit-déjeuner dans le jardin. Il était fidèle à sa parole de prendre soin de moi.

Dimanche, il était venu me chercher au centre d'appels et m'avait dit que je pouvais monter dans sa chambre. J'étais grimpée dans son lit et la seule odeur de son parfum boisé sur les draps avait fait que je m'étais endormie immédiatement.

Alex avait passé toute la semaine avec Olivia et Andrea, et il n'avait aucun scrupule à me raconter à quel point il s'amusait pendant que je dormais.

Bon sang, cet homme était comme un rêve devenu réalité !

J'avais longtemps cru qu'il était un cauchemar, mais en réalité, il était loin d'en être un. Je me détestais pour avoir pensé que je pouvais me passer de lui.

Aujourd'hui, j'avais décidé que je devais rentrer chez moi. Je n'avais pas été là de la semaine. En rentrant du bureau, je trouvai un mot de maman sur le comptoir de la cuisine, à l'endroit où nous laissions habituellement des notes l'une pour l'autre :

MADISON,

Dom et moi sommes partis à Vegas pour la semaine, nous devrions être de retour la semaine prochaine. J'espère que toi et Alex allez bien. Tu n'as pas besoin de moi de toute façon. Tu as Hunter. Fais quand même attention à toi.

Carol

SUPER, elle était partie. Je n'aurais pas dû être surprise. C'était en partie pour ça que j'avais créé le club de mères célibataires, pour que dans des moments comme celui-ci, j'aie quelqu'un sur qui m'appuyer. Elle ne l'avait même pas signé maman, mais Carol.

Mais là encore, je ne savais pas trop ce qui se passait avec le groupe. Peut-être que je devrais simplement laisser tomber. Personne ne s'était pointé la semaine dernière et l'activité sur le groupe WhatsApp était non inexistante. Personne ne s'était manifesté, à part Tiana qui voulait un service de baby-sitting de la part de quelqu'un, n'importe qui du groupe. Personne n'avait répondu, pas même moi, car je flottais sur un nuage pour la première fois depuis longtemps et je n'avais pas du tout envie de m'occuper d'elle.

J'étais encore debout dans la cuisine en train d'essayer de digérer le choc du départ de maman lorsque mon pire cauchemar se produisit. La porte de ma chambre s'ouvrit. Maman n'était pas là et Alex était avec Hunter. Qui était dans mon appartement, bordel ?

« J'ai une arme à la main ! » criai-je, ce qui était stupide, car je tenais toujours le mot de maman. Qui que ça puisse bien être, il allait se rendre compte dès qu'il sortirait de l'obscurité que mon « arme » n'était qu'un morceau de papier.

« Madison, chérie, c'est moi », dit Steve en essayant de se rapprocher et d'enrouler ses bras autour de moi.

Je clignai des yeux plusieurs fois, car l'homme en face de moi était une version plus âgée de celui qui m'avait quittée à l'instant même où je lui avais annoncé que j'étais enceinte. C'était comme si un ouragan balayait l'appartement.

« Comment as-tu réussi à entrer, bordel ? »

« Ta mère est partie et elle a dit que je devais te dire... » essaya d'expliquer Steve, mais je levai la main pour l'arrêter. Je m'en fichais vraiment. J'avais juste besoin qu'il se casse.

« Qu'est-ce que tu fous là ? »

Il fut un temps où je l'avais trouvé séduisant. Un temps où je l'aurais accueilli à bras ouverts, me disant qu'il était enfin revenu à la raison et que nous allions pouvoir élever notre fils ensemble. Mais le fait d'avoir dû rentrer dans un appartement vide, soir après soir, avait fait que ce sentiment était mort depuis longtemps.

« Nous avons un enfant ensemble », dit Steve.

C'était quoi ce délire ? Il était drogué ou quoi ? Alex avait cinq ans, presque six, et il se pointait maintenant et demandait de ses nouvelles ?

« On est divorcés et Alex a presque six ans. Je te ferai remarquer que pendant tout ce temps, ça n'a jamais semblé te perturber que nous ayons un enfant ensemble. Tu as même esquivé la pension alimentaire en disant que tu ne travaillais pas, » lui rappelai-je.

Ses yeux autrefois bleus étaient maintenant ternes et il perdait ses cheveux. Il n'avait que trente ans, mais il semblait beaucoup plus vieux. J'avais le sentiment que quelque chose de grave lui était arrivé. Quelque chose l'avait fait revenir et je savais très bien que ce n'était pas moi et encore moins Alex, le fils qu'il n'avait jamais voulu.

« C'était une période difficile. Tu me connais. J'ai toujours eu de la malchance au travail. »

Oui, ça s'appelait *arriver tout le temps en retard et penser qu'il méritait quelque chose sans avoir à travailler pour l'obtenir*. Il avait été très doué pour me faire faire des doubles journées de travail afin de le remplacer. Merde, j'étais faible et désespérée à l'époque. J'avais fermé les yeux sur ses combines, mais plus maintenant.

Je me retournai et ouvris les rideaux. L'endroit était dégueulasse. Je ne m'en étais même pas rendu compte en entrant, car la note avait attiré mon attention.

« Putain, c'est quoi tout ça ? » demandai-je. Maman n'était pas la personne la plus méticuleuse qui soit, mais elle n'était pas non plus une souillon.

C'était juste une autre mauvaise chose que Steve avait l'habitude de faire : me traiter comme sa bonne personnelle.

« Tu ne jurais pas autant avant ».

C'ÉTAIT VRAI, je jurais rarement, mais Steve me mettait en rogne.

« J'ai commencé quand tu m'as quittée ».

On frappa à la porte et je n'attendis pas qu'il réagisse pour me retourner, l'entrouvrir et passer la tête dehors.

« Marta, qu'est-ce que tu fais là ? »

Elle regarda sa montre. « Réunion. Tu as oublié ? »

Je secouai la tête, puis elle poussa la porte grande ouverte.

« Vu que c'est férié aujourd'hui, j'ai fait des heures supplémentaires au centre d'appels hier soir. Et puis, personne ne s'est pointé la semaine dernière, alors j'ai pensé que ça ne vous intéressait plus. »

Elle rit. « On est venues, mais tu nous connais. On est toujours en retard. Tu as dû arriver, ne voir personne et partir. »

Elle avait raison, je n'étais pas la femme la plus patiente du monde, pas après le départ de Steve. J'indiquai discrètement qu'il était là en bougeant ma tête sur le côté pour qu'elle puisse le voir.

« Oh, tu as de la compagnie ».

Steve essuya ses mains sur son jean délavé et dit : « Salut, je suis Steve. Le mari de Madison. »

« Hum hum, tu veux dire ex-mari », renchérit Marta.

Il ignora sa remarque et continuait à se tenir là, debout au milieu du salon. Je ne savais pas quoi faire. L'homme était venu avec toutes ses affaires et il était clair qu'il n'avait pas l'intention de partir sous peu.

Marta entra alors de force dans mon appartement et referma la porte derrière elle.

« Je ne peux aller nulle part maintenant. Tu vois bien, j'ai des choses à régler », dis-je en fermant les yeux. Puis, prenant une profonde inspiration, je fis un geste impuissant vers mon ex bon à rien qui prenait de la place dans ma maison.

Il y eut un silence gênant, puis un autre coup fut frappé à la porte.

« Tiana et Lena, qu'est-ce que vous faites là ? »

« On est passées te prendre pour t'emmener à la réunion, copine. Tu n'es pas venue la semaine dernière et tu ne réponds pas à nos appels. Il nous reste vingt minutes avant le début de la réunion et tu dois en faire partie. »

Je secouai la tête, souhaitant pouvoir y aller, mais je ne pouvais vraiment pas.

Marta s'écria : « Elle a de la compagnie ! ».

Puis elle désigna Steve qui était maintenant assis sur mon canapé et fumait une cigarette, une sale habitude que je tolérais autrefois parce que je pensais qu'il était stressé et qu'il avait besoin de se détendre. Ce qui me détendait moi à l'époque, c'était le confort de savoir que j'étais dans une relation avec un homme qui ne me quitterait pas. J'avais tort.

« On doit aller à la réunion ! » lança Tiana à Steve, les mains sur les hanches.

Je n'arrivais pas à croire qu'elle était là, et avec les filles en plus. La curiosité prit le dessus et je me demandai comment elles avaient réussi à résoudre leurs différends après des semaines à se crêper le chignon.

« Oui, mais je vis ici avec ma femme et mon fils. »

Marta lui prit la cigarette allumée des mains et Tiana se glissa à ses côtés pour l'aider à se mettre debout.

« Tu es son ex-mari. Tu ne peux pas débarquer ici comme ça et emménager sans sa permission. Madison est une vraie dame et elle doit être traitée comme telle. »

Lena était déjà en train de balancer ses affaires par-dessus la balustrade du balcon et Marta la rejoignit pour lui filer un coup de main.

« Vous ne pouvez pas faire ça ! » protesta Steve. « Nous n'avons jamais officiellement divorcé ».

« Quoi ?! »

Il rit. « Je n'ai jamais signé les papiers. Je te les ai envoyés, mais les miens n'avaient pas la signature du témoin. Et donc tu ne peux pas me jeter dehors, parce qu'on est toujours mariés. »

Je ne m'étais jamais inquiétée de savoir si nous étions officiellement divorcés. Ça ne me semblait pas important à l'époque et maintenant, ça me semblait tout aussi peu pertinent. Je n'avais pas vu cet homme depuis plus de six ans et je détestais maman de l'avoir laissé entrer dans l'appartement. Elle l'avait probablement fait en pensant que Hunter m'aurait déjà larguée et que j'aurais besoin d'une épaule pour pleurer. Pourquoi cette épaule devrait être Steve, ça me dépassait ?

Marta vint à ma rescousse alors que je restais plantée là, légèrement hébétée, à considérer la situation.

« Je la connais depuis des années et je ne t'ai jamais rencontré. Donc jusqu'à ce que son avocat lui dise le contraire, vous êtes divorcés. Maintenant, dégage ton cul maigre d'ici avant que je ne te fasse sortir à coups de pied ! »

« Si j'étais toi, je me dépêcherais. Des gens sont en train de ramasser tes affaires », ajouta Lena en regardant par la fenêtre.

« Merde ! Ma télé est dans l'un de ces cartons ! Et mon iPad ! » s'inquiéta Steve en voyant un de mes voisins sortir de son appartement et se servir dans ce qu'il pensait être des ordures sur le trottoir.

« S'il peut se permettre ces trucs, alors il a assez d'argent pour trouver un endroit où crécher », dit Tiana alors que Steve sortait en courant et claquait la porte.

L'émotion m'étreignait de voir mes amies prendre ainsi ma défense.

« Tu vas bien, copine ? » dit Tiana en s'approchant de moi.

« Il t'a fait du mal ? » demanda Marta sur un ton inquiet.

Je secouai la tête. « Oh, les filles. Je ne savais pas que vous vous souciiez de moi. »

Elles me serrèrent toutes dans leurs bras, puis Tiana déclara : « Il faut que tu te reprennes, ma fille. Tout le monde t'attend à la réunion. Tu ne peux pas être absente deux semaines de suite. »

Elle utilisait mes mots, ceux que j'avais l'habitude de lui adresser, puis elle me fit un clin d'œil.

« Comment ça se fait que vous soyez cool avec Tiana ? »

Ma question s'adressait à la fois à Marta et à Lena, mais c'est Tiana qui répondit. « J'ai dit que j'étais désolée et Marta a dit que si je ne me reprenais pas, elle me botterait le cul. »

Cela me fit rire parce que Marta était beaucoup plus petite qu'elle. Je n'avais aucun doute sur le fait qu'elle soit coriace, mais l'image d'elle en train d'essayer de botter le cul de Tiana était amusante.

Je souris et je les enlaçai à nouveau. Elles m'avaient aidée comme ma famille ne l'avait jamais fait. Je me dirigeai dans ma chambre, prévoyant de mettre la même chemise et la même jupe que je portais à chaque réunion, mais cette idée me rendit triste. Je décidai alors que cette fois, j'irais en tant que moi.

JE N'ÉTAIS PAS AVOCATE ou quelqu'un de haut placé et j'en avais assez de m'habiller et d'agir comme quelqu'un que je n'étais pas. J'étais qui j'étais et pour une fois dans ma vie, je me sentais suffisamment à l'aise pour aller à la réunion en tant que moi-même. Pas en tant que quelqu'un d'autre.

« Je suis prête ! » lançai-je en descendant le couloir.

« Je t'ai déjà dit à quel point tu étais belle ? » me demanda Lena en passant son bras autour de moi.

« Il était temps que tu arrêtes de porter la même jupe et la même chemise fatiguées. Lâche-toi un peu. »

« Tiana, j'ai remarqué que tu ne portais pas de maquillage. Tu es plus jolie sans. »

Elle secoua la tête. « Ce n'est pas vrai, mais merci quand même. »

« Elle l'a laissé dans ma voiture. Tu peux être sûre qu'elle va en mettre dès qu'on sera en route », plaisanta Marta, et Tiana lui donna une bourrade amicale.

Je jetai un coup d'œil par-dessus le balcon et aperçus Steve qui essayait de caser le reste de ses affaires dans sa voiture. S'il s'avérait que nous n'étions pas réellement divorcés, je ferais des journées triples pour être sûre de l'être bientôt.

Je fus traversée par un sentiment de satisfaction ; le sentiment qu'il avait été vaincu, non seulement par moi, mais aussi par mes amies.

Tout se mettait enfin en place dans ma vie.

13

H *unter*

J'ÉTAIS ASSIS IMPATIEMMENT sur une chaise et j'attendais que Madison arrive à la réunion.

Mon esprit vagabondait alors que j'observais la foule qui s'était présentée aujourd'hui. Il semblait que quelques couples s'étaient formés, mais la plupart des personnes présentes étaient juste heureuses de faire partie du groupe. J'étais sur le point de me lever pour demander si le fils et le père assis l'un à côté de l'autre étaient ceux qui avaient été recommandés par la vieille dame de l'école maternelle, juste histoire d'avoir quelque chose à faire, lorsque Madison entra.

« La voilà ! »

« Oh ho ! »

Tout le monde se mit debout et commença à applaudir, l'acclamant alors qu'elle avançait dans la salle. Elle pointa son doigt vers moi, pensant probablement que j'avais quelque chose à voir avec ça, mais je haussai les épaules et secouai la tête. J'avais juste reçu un coup de fil.

« Allons, allons, du calme tout le monde », dit Tiana en montant sur la scène et en s'emparant du micro. « Madison, je sais que tu penses que nous n'apprécions pas ce que tu as créé, mais rien n'est moins vrai. »

Voyant des larmes se former dans les yeux de Madison, je me dirigeai vers elle et passai mon bras autour d'elle.

« Nous devons nous serrer les coudes, nous les célibataires ! » déclara Tiana depuis son siège vers la foule.

« Parle pour toi ! » cria Marta en attrapant les mains de deux hommes. Les deux avec qui elle avait quitté le groupe deux semaines plus tôt.

« Je sais que nous ne nous entendons pas toujours, mais je dois admettre que sans vous mesdames, je ne serais pas la personne que je suis aujourd'hui », poursuivit Tiana, des larmes se mettant à couler sur son visage. « Ma famille ne m'adresse même pas la parole. J'ai rejoint ce groupe et j'ai fait semblant d'être une dure à cuire. Mais bordel, quand même les gens de votre sang vous tournent le dos... eh bien, on dresse des murs. »

« À qui le dis-tu », marmonna Madison. Elle me lâcha alors et se mit à marcher en direction de la scène.

« Ce groupe n'est pas là juste pour des services de baby-sitting ou pour demander de l'aide. Non. Il s'agit d'être là les unes pour les autres, parce qu'être une mère célibataire, ce n'est pas de la tarte. »

« Tu veux dire que c'est *putain* de difficile, oui ! » s'écria Lena.

Quelques personnes se mirent à applaudir et Tiana prit une profonde inspiration avant de continuer. « Mais Madison a créé ce groupe et je me souviens d'avoir pensé, *tiens, une bande de pétasses qui se plaignent d'être seules*. Mais il s'est avéré qu'on était bien plus que ça. Je me souviens d'une fois où je n'ai pas pu aller chercher Dean et Ethan à l'école. J'ai appelé Madison. Elle venait de sortir du travail et je suis sûre qu'elle était fatiguée, mais elle a pris soin de mes fils. Et j'ai aussi eu quelques heures de retard pour les récupérer. »

« Plutôt un jour de retard ! », cria Madison à tout le monde, clarifiant la situation.

« Elle ne m'a rien reproché, cependant. Vous savez ce qu'elle a fait ? Elle m'a demandé si j'allais bien et si je voulais quelque chose à manger, puis elle m'a dit que je pouvais m'allonger sur son lit un moment. La seule chose qu'elle m'a demandée à mon réveil, c'est si je me sentais mieux.

« J'ai quitté sa maison avec de la nourriture dans mon Tupperware et mes enfants étaient ravis d'avoir passé la nuit dans son trou à rats. Son appartement est si petit, je ne sais même pas comment ils avaient fait pour tous y tenir. Mais elle nous a accueillis, eux et moi, à bras ouverts. »

Je voyais bien que Tiana essayait d'être gentille, mais je ne savais pas si je devais rire ou pleurer. Peut-être que dans son esprit, elle faisait un compliment, mais je pouvais lire sur les visages des autres participants qu'ils étaient choqués par sa description de l'appartement de Madison.

« Mais mon truc à moi, c'est la fierté. Je prétends que je sais ce que je fais, alors qu'en réalité je n'en ai aucune idée. »

« Au moins tu es honnête ! » s'écria l'une des femmes, et les larmes de Tiana se transformèrent en sourire.

« Ce que j'essaie de dire, c'est : merci, Madison. J'aurais dû le dire il y a longtemps. »

« Alors, mesdames, et vous messieurs, nouveaux membres du club, disons-le : ce groupe est ce qui se fait de mieux. Vous voulez une épaule pour pleurer ? Vous en avez marre et pensez que vous faites du sale boulot ? Quelqu'un dans le groupe s'en sort encore moins bien que vous. Vous voulez savoir comment faire mieux ? Quelqu'un dans le groupe peut vous montrer comment faire. Nous devons nous serrer les coudes, nous les célibataires. »

Elle posa sa main sur l'épaule de Madison. « Et si ce n'était pas de cette grande dame, nous ne serions pas ici. »

Quelques personnes exprimèrent leur accord à force de clameurs tandis que d'autres applaudissaient. Je voyais bien que Madison était décontenancée. Elle était encerclée de toutes parts par l'amour qui régnait dans la pièce et je savais que pour une fois dans sa vie, elle verrait le bien qu'elle avait fait au lieu de voir le mal.

14

M*adison*

« PUTAIN, C'ÉTAIT DINGUE ! » hurla Hunter, une fois tout le monde parti.

« Je n'arrive pas à croire qu'elles aient fait ça pour moi. »

« Eh bien, on dirait que tu en as touché plus d'une. »

J'eus un petit rire. « Ouais, et cela malgré mon trou à rats pour appartement. »

« Il n'y en a pas deux comme Tiana. »

« Ça », dis-je en le montrant du doigt, « c'est l'euphémisme du siècle ».

Il se rapprochait peu à peu de moi. Une fois de plus, nous étions seuls dans le hall. Je pouvais voir le désir sur son visage, ses yeux dévorant mon corps à chaque pas qu'il faisait.

« Les enfants ? » demandai-je.

« Avec Andrea, comme toujours. »

« Steve est revenu », lâchai-je, sachant que je gâchais très probablement l'ambiance, mais je ne voulais pas de secrets entre nous.

Il hocha la tête. « J'en ai entendu parler. »

« Qui te l'a dit ? »

« Tiana, quand tu étais en train de discuter avec les autres. Elle a aussi dit que tu aurais besoin de moi plus que jamais, parce que tu avais eu une dure journée. »

« Vraiment ? »

Je marquai une pause alors que mon cœur commençait à s'emballer. Je voulais que nous nous asseyions pour en discuter, même s'il n'y avait pas grand-chose à dire. Steve était revenu et j'étais peut-être encore mariée à lui — quelque chose que je devais pour sûr investiguer — mais dans l'immédiat, je voulais Hunter.

« Je veux te voir toute entière », dit-il, sa voix se faisant plus grave alors qu'il levait mes bras en l'air.

Il ne demandait pas la permission. Il me disait simplement ce qu'il allait faire de moi et il enleva ma chemise suivi de mon soutien-gorge.

« J'adore tes seins. »

« Seulement mes seins ? »

Il me souleva, puis hésita un moment, réfléchissant à l'endroit où m'allonger en parcourant la pièce du regard.

« Je pensais que tu voudrais faire ça sur la table. »

Il haussa les épaules. « Non, c'est du déjà-vu. »

Je lui montrai la porte. « La porte ? »

« Nan, on a déjà fait ça dans ma chambre. »

« C'est quoi notre problème, à toujours vouloir baiser dans des endroits publics ? »

« Je sais. » Il rit. « Je pensais qu'on aimait juste ça au lycée, mais il semblerait que ce soit plus que ça, parce qu'on n'arrive toujours pas à faire autrement. Bingo ! »

Il me déposa sur la scène, puis ôta sa chemise d'un geste expert et la laissa tomber sur le sol. Se déplaçant telle une panthère, il s'approcha de moi alors que je m'allongeais au sol, et soudain, il était sur moi.

Non seulement Hunter avait le chic pour me faire faire des choses que je dénigrais habituellement, il faisait aussi en sorte que je sois convaincue que c'était la meilleure chose qui soit. Comme en ce moment, avec le concierge dans le coin, j'aurais dû lui dire d'arrêter. Cependant, dès l'instant où il s'installa sur moi à moitié nu et se mit à m'embrasser lentement de haut en bas, j'oubliai où nous étions.

Il descendit le long de mon cou jusqu'au creux de ma clavicule. Le mouvement de ses lèvres faisait naître une faim délicieuse dans toutes les molécules de mon corps, mettant tous mes sens en alerte.

Je ne pus que gémir lorsqu'il prit un téton en bouche, le taquinant de ses dents. Quand il commença à donner des petits coups de langue, je crus que j'allais exploser.

« Putain ! »

« Juste un peu plus longtemps », promit-il.

C'était une promesse que je savais qu'il allait tenir. Il se dirigea vers mon autre sein avec avidité et je me cambrai sous lui, perdue dans la sensation de sa bouche.

Je touchai son érection à travers son pantalon et il se mit à se frotter contre moi encore plus fort. J'étais tellement excitée par le fait qu'il me suce le sein que j'avais à peine remarqué qu'il avait réussi à défaire mon jean et à glisser ses mains dans ma culotte.

« C'est mon imagination ou est-ce que tu deviens plus belle chaque fois que je te vois nue ? »

« En public, sans aucun doute. »

Il me fit un clin d'œil. « Laisse-le regarder ! »

Sur ce, il se leva et baissa lentement son pantalon. J'adorais admirer son corps aux formes parfaites tandis qu'il se glissait sur moi. Je sentis soudain le désir flamber dans mon ventre. Je tendis la main : sa bite fébrile était rouge et parfaitement lisse.

Mes doigts n'arrivaient même pas à en faire le tour. J'ouvris grand mes jambes pour le guider vers ma chatte, attendant avec impatience qu'il me pénètre.

Hunter rejoignit ma main et grogna, « Tu es tellement mouillée, putain ! »

« Qu'est-ce que tu attends ? » Il n'avait aucune idée à quel point j'étais désespérée qu'il s'enfonce en moi.

Mon corps tremblait d'impatience lorsque sa langue se mit à baiser ma bouche. Je frottais mes hanches contre lui et sa queue trouva enfin son chemin. Lorsque mes mains passèrent de sa bite à son dos, je ne pus m'empêcher de faire cette chose qu'il aimait me faire à moi : attraper ses fesses.

Son cul était dur et musclé, et plus il s'agitait, plus je le tenais fermement. Nos mouvements étaient différents d'avant. Nous n'étions plus pressés. Je me délectais de lui, savourant les bruits que nous faisions. De doux ronronnements et gémisse-ments exprimaient ce que nous ressentions. Nous parlions avec nos corps, en parfaite synchronie.

C'était comme si mon corps entier était en feu. Je n'avais pas juste envie de lui, j'avais faim de lui. Je le voulais avec moi tout le temps.

Il s'enfonçait de plus en plus profondément, jusqu'à être plongé au plus profond de mon être. Une vague de chaleur m'envahit, partant d'entre mes jambes et enveloppant tout mon corps.

« Je t'aime, Hunter », dis-je doucement, ne pouvant rien faire d'autre que de lui dire exactement ce que je ressentais à ce moment précis, ce que je ressentais pour lui depuis notre première rencontre, toutes ces années auparavant. On ne baisait pas, on faisait l'amour.

Il sourit et me mordilla le cou. « Je n'arrive pas à croire que tu aies mis si longtemps à le dire. »

Je le répétai. « Je t'aime. »

Hunter répondit en me prenant plus fort, coinçant mes

mains au-dessus de ma tête et m'enfonçant dans le sol à chaque coup de reins puissant. Le mouvement était si intense, chacune de ses impulsions faisait que je me laissais aller complètement.

Hunter avait le contrôle, il me possédait et me dominait. Il me fit jouir si fort que tout mon corps se mit à trembler. Sa respiration devint alors rapide et saccadée, entrecoupée de grognements sauvages tandis qu'il me rejoignait dans l'extase.

« Est-ce que ça veut dire que nous pouvons rentrer à la maison ensemble, pas seulement ce soir, mais tous les soirs ? » demanda-t-il après avoir repris son souffle.

« J'ai cru que tu ne me le demanderais jamais », murmurai-je en levant la tête pour atteindre ses lèvres.

« Bonne nouvelle ! Ça veut dire que vous allez pouvoir faire votre business à la maison au lieu d'ici ! » cria M. Wile depuis le fond du couloir.

Hunter secoua la tête et rit doucement. « Je parie qu'il a adoré le spectacle. »

« On a donné un sacré show. Je propose qu'on remette ça la semaine prochaine. »

Hunter me passa mes vêtements, tout en essayant de trouver quelque chose pour se nettoyer. Heureusement, j'avais toujours des lingettes dans mon sac. Je les lui passai et alors qu'on se rafraîchissait tous les deux, je réalisai que non seulement j'avais trouvé l'homme de mes rêves, mais que mon club allait atteindre de nouveaux sommets. Je n'avais jamais envisagé ça comme une possibilité et ce n'était pas seulement de mon fait, mais un effort conjoint.

Pour la première fois de ma vie, l'horizon était radieux. Je faisais plus que survivre. Je vivais.

« Je t'aime », lâchai-je à nouveau une fois habillés et prêts à partir.

Il sourit. « Je t'aime encore plus. La fille de mes rêves est enfin mienne et je ne la laisserai jamais partir. »

« Rien ne me convaincra jamais de partir. Et la semaine prochaine, on fait ça près de la fenêtre là-bas. »

Il me fit un clin d'œil. « Marché conclu ! »

J'avais hâte d'annoncer la bonne nouvelle à Alex. Il serait heureux, extatique à l'idée non seulement de vivre dans la maison de Hunter, mais aussi d'avoir un père et une sœur, sans compter une mère qui pourrait enfin laisser tomber non pas un, mais deux boulots.

CHAPITRE 15

Hunter

Je n'arrivais pas à croire que j'étais passé du statut de père célibataire à celui de père de trois enfants en l'espace d'un an. Revenir au bercail pour renouer avec la femme que j'avais perdue avait été la chose la plus naturelle du monde.

Madison me voyait comme un homme qui avait tout ce qu'il voulait, quelqu'un qui n'avait pas un seul défaut. Elle les avait vite découverts, cependant, en emménageant chez moi.

« Hunter ! Le panier à linge est dans le coin. Pourquoi c'est si difficile pour toi d'y mettre tes vêtements ? »

Je l'attrapai par la taille, même si elle détestait que je le fasse ces temps-ci. Elle était complexée après avoir donné naissance à notre fille.

« Eh bien, on va dire que c'est parce que j'ai des problèmes de vue. »

« C'est comme si tous les hommes avaient cette maladie », dit-elle en repoussant mes mains. « Alex suit le même chemin et il est loin d'être un homme. »

« Si tu sais déjà que nous sommes tous pareils, pourquoi tu te plains ? »

« Parce que j'espère qu'un jour tu en auras marre de m'entendre râler et que tu mettras ton linge sale dans la corbeille ! »

« C'est un grand jour pour toi, bébé, et je comprends, mais tu n'as pas besoin de t'en prendre à moi. »

Elle détacha ses cheveux et cette fois, quand je mis mes bras autour d'elle, elle ne me repoussa pas.

« Désolée. Comment tu fais pour me supporter ? »

« C'est facile. Ça s'appelle l'amour. »

Madison soupira, vérifiant son reflet dans le miroir une fois de plus. « OK, c'est maintenant ou jamais. »

« Tout va bien se passer. Tu verras. Tu dois arrêter d'être si dure avec toi-même. »

Je pouvais entendre la petite Teresa pleurer et nous poussâmes tous les deux un soupir. Moi, parce que Madison allait se rendre dans la chambre et sans aucun doute décider qu'elle n'irait plus à l'inauguration. Notre fille avait besoin d'elle, dirait-elle, et elle s'en servirait comme excuse pour remettre son rêve à plus tard. Mais elle avait travaillé dur au cours de la dernière année pour mettre sur pied cette association caritative et je n'allais pas la laisser abandonner maintenant.

Nous n'étions pas encore entrés dans la nurserie que maman avait déjà Teresa dans ses bras. « Vous êtes encore là ? Vous devez y aller. »

Madison s'avança vers elle, ignorant son commentaire. « Mais peut-être qu'elle a besoin d'être nourrie. »

Oui, leur relation n'était pas parfaite, mais elles essayaient. Même si, parfois, ça m'agaçait quand elles se mettaient à se plaindre à moi de ce que l'autre avait fait.

Maman émit un petit son bref en guise de désapprobation. « Oui, il faut qu'elle mange et tu as tiré assez de lait pour la semaine. Maintenant, allez-y. Ta mère va bientôt arriver pour me filer un coup de main de toute façon. »

« Quoi ? » Je n'aurais jamais cru une telle chose possible.

« Ravie d'apprendre que vous vous entendez si bien », dit Madison en reculant, pensant sans doute qu'une guerre allait bientôt commencer et qu'elle préférerait être à la réunion plutôt qu'ici quand elle se déclencherait.

Maman haussa les épaules. « Je pense que c'est important pour les petits-enfants de passer du temps avec leurs deux grand-mères. Elle a même dit qu'elle ne porterait pas ses bottes en cuir cette fois-ci. Je suis d'avis qu'elle a fait peur à Olivia la dernière fois qu'elle est venue ici avec ces choses aux pieds. »

Je rigolai. « Ça nous a tous fait peur. »

Madison me frappa alors que l'ambiance changeait. Lorsque nous étions sortis dîner il y a un mois, Carol était vêtue de ce qui semblait être la tenue de Cher de 1986 aux Academy Awards. Elle nous avait dit qu'elle chantait sur scène dans un bar en ville après le dîner et qu'elle n'avait pas le temps de se changer.

Le problème, c'était que Carol n'allait pas récolter un oscar ce soir-là. C'était censé être une chance pour toute la famille de passer du temps en terrain neutre. Maman avait déclaré qu'elle ne s'assiérait pas à une table avec Carol dans cet accoutrement et Carol avait annoncé que maman était jalouse. Inutile de dire que le dîner s'était rapidement effondré.

« OK, allons-y », dit Madison, me tirant de mes pensées.

Nous partions *enfin* de la maison. En sortant, nous jetâmes un rapide coup d'œil à Olivia et Alex qui jouaient avec Ken et Barbie.

« Je ne comprends pas comment ils font pour ne pas en avoir marre de jouer avec ces poupées », commentai-je, mais Madison n'écoutait pas vraiment et récitait son discours pour la millionième fois. Elle avait passé toute la nuit à le répéter et à chaque fois, elle se rappelait chaque mot.

« Bébé, ça va bien se passer. »

Elle hocha la tête et prit une profonde inspiration pendant que je démarrais la voiture et que je m'engageais sur la route.

« Je viens d'avoir un bébé il y a tout juste trois mois. Je ne devrais pas être en train de faire un truc pareil. »

« N'importe quoi. Tu vas pouvoir aider les parents célibataires à plus grande échelle. Combien de personnes t'ont déjà contactée au sujet de leur couverture médicale ? De leur assurance vie ? Au sujet de toutes ces choses qui les tracassent et les empêchent de dormir. Les gens ont besoin de ça. Toi aussi, tu en as besoin. »

Elle acquiesça. « Est-ce que c'est mal ? Je suis tellement excitée et impatiente d'ouvrir ces portes. »

Je m'arrêtai au feu rouge et l'embrassai. « Je t'aime, Madison Young, bientôt James. »

« Je t'aime encore plus, Hunter James. Et j'ai hâte que ce divorce soit enfin prononcé pour que je puisse être ta femme. »

J'avais prévu d'attendre que sa première journée de travail à son nouveau poste soit derrière elle, mais je ne pouvais plus me retenir. « Ouvre la boîte à gants. »

Elle me regarda avec méfiance, puis elle aperçut la lettre.

« Quand est-ce que tu allais me le dire ? » s'écria-t-elle, tout en me frappant la tête avec l'enveloppe.

« Mina, calme-toi, elle n'est arrivée qu'hier ! », dis-je pour ma défense. « Tu étais stressée et je me suis dit que ça valait peut-être mieux d'attendre. »

Elle l'ouvrit avec des airs de gamine le matin de Noël, marmonnant les mots au fur et à mesure que ses yeux parcouraient la page.

Le divorce le plus cher du monde. Steve avait utilisé toutes les astuces possibles et inimaginables pour le contester, que ce soit sur le plan émotionnel ou financier. Il avait revendiqué des dommages corporels lorsque Tiana l'avait jeté dehors. Il avait hanté Alex, débarquant à son école et déclarant être son père à la moindre occasion, mais dès qu'il avait reçu son argent, il avait disparu. C'était un sale type et je l'avais payé bien plus qu'il ne le méritait pour le faire sortir de nos vies pour de bon.

Mais la grande nouvelle, c'était que je pouvais adopter Alex et l'appeler officiellement mon fils.

« Oui ! Oui ! », criait-elle à tue-tête alors que nous nous garions. Puis elle déclara : « Dès qu'on en a fini ici, on va à la mairie. »

« Pour quoi faire ? »

« Pour se marier. »

Je secouai la tête. « Il faut qu'on soit patients. On doit d'abord trouver un lieu. Puis te trouver une robe. Tout le tralala. »

Elle n'était pas d'accord. « J'ai attendu assez longtemps pour être ta femme. Je n'ai pas besoin de tous ces artifices. J'ai juste besoin de toi. »

Je ris. « Mais tu m'as, moi. »

« Tu sais très bien ce que je veux dire. On n'a pas besoin de grand-monde. Juste nous et les enfants. Et puis nos deux mamans et ton père aussi, s'il veut bien venir. Je me fiche du reste. »

Comment pouvais-je dire non ?

Ma vie avait changé et la fille que j'avais connue autrefois avait été remplacée par la femme avec laquelle je voulais passer le reste de ma vie, celle-là même qui était en train de m'embrasser et de me supplier de l'épouser.

« OK, OK », acceptai-je en riant. « On en discutera plus tard. Pour l'instant, il est grand temps que tu te rendes au bureau. Tu ne peux pas les faire attendre. »

Elle acquiesça d'un signe de tête tout en prenant une dernière grande respiration et en sortant de la voiture.

Une fois qu'elle eût fini d'accueillir tout le monde et d'inaugurer sa nouvelle entreprise, nous nous rendîmes à la mairie, comme elle l'avait dit.

Elle avait raison, je m'en fichais si l'on se mariait en jeans et en T-shirts. On avait le reste de notre vie ensemble pour bien s'habiller. Je n'avais même pas besoin de mettre un genou à terre. Tout ce dont j'avais besoin, c'était d'elle et je n'aurais pas pu être plus heureux.

Et le sourire qui illuminait son visage me disait qu'elle ressentait exactement la même chose.

Madison James.

Ça sonnait parfaitement bien, tout comme nous.

###La Fin###

À PROPOS DE SARWAH CREED

Sarwah Creed est l'auteure de la série The FlirtChat. Elle écrit des romances contemporaines et érotiques, avec un ou plusieurs hommes adorant la même femme. Ses héroïnes sont adulées, choyées et aimées.

Quand Sarwah n'écrit pas, elle court, lit et écoute de la musique.

Elle habite avec ses trois enfants à Madrid.

Pour suivre son actualité, plusieurs possibilités :

FB Group : https://www.facebook.com/groups/1213041075857885

Si tu as envie de lire ses livres en avant première et d'intégrer sa liste de chroniqueuses, inscris-toi à la newsletter en cochant Newsletter **ET** Service Presse

"Newsletter registration" : https://mailchi.mp/843e60806d3a/inscriptionnewletter

DU MÊME AUTEUR

Salut toi,

Tu as aimé ce livre ?

Tu ne sais pas quoi lire ensuite ? Voici un bref aperçu de mon tout nouveau livre chaud bouillant. Il s'agit de Triple #Sexto, et il vient de paraître !

À PROPOS DE TRIPLE # SEXTO

Et si ma relation idéale sur le campus n'était pas avec un mec, mais avec trois ?

J'avais un fantasme vraiment torride. La nuit précédant mon départ à la fac, j'ai rêvé que la star de l'équipe de football américain tombait à mes pieds. Le retour à la réalité a été difficile quand j'ai découvert que la vie à l'Université de New York était bien loin de ce que j'avais espéré. Tous les clubs que j'ai intégrés ont tourné au fiasco et ma coloc, loin de se lier d'amitié avec moi, n'était qu'une espèce de brute que je devais éviter.

Soudain, j'ai reçu un texto.

Non pas un texto ordinaire, mais un texto si érotique qu'il m'a mise dans tous mes états.

J'en avais le cerveau tout retourné.

Alors, j'ai répondu.

Et c'est ainsi qu'une relation par messages interposés a commencé, avec des textos de plus en plus dépravés. Bientôt, je n'avais plus qu'une question en tête... Qui était ce mec ?

À moins qu'il s'agisse de trois mecs différents ?

En effet, le style changeait selon l'heure de la journée.

Les messages que je recevais le matin étaient si brûlants qu'ils auraient réduit l'acier le plus solide en flaques de métal fondu.

Les messages de l'après-midi étaient encore meilleurs... quoique différents.

Et ceux du soir étaient d'une telle sensualité qu'ils m'empêchaient de fermer l'œil sans avoir glissé les mains entre mes cuisses.

Je suis devenue accro et j'ai fini par accepter de rencontrer ce Casanova du monde virtuel. *Cependant, j'avais une inquiétude.*

Et si c'étaient bel et bien trois mecs ?
Qu'allais-je faire avec eux, tous les trois en même temps ?

TRIPLE # SEXTO - PROLOGUE

Je marchai vers la boîte aux lettres située à l'autre bout du terrain de camping. Ce dernier s'était agrandi au cours des dernières décennies. C'était là où vivait ma famille et où j'avais grandi. Normalement, cette boîte devait contenir une lettre. Une lettre qui apporterait de l'espoir à tous. L'espoir de pouvoir un jour quitter ce petit bout de terre dans l'Iowa pour quelque chose de meilleur.

En chemin, je jetai un coup d'œil à la rangée de petites caravanes toutes plus vieilles que les personnes qui vivaient dedans. C'était ce à quoi ma famille était réduite.

Tout était la faute de mon père. Si ce pli contenait la nouvelle que j'attendais, alors je pourrais tout arranger.

En réalité, ce n'était pas vraiment la faute de mon père. C'était la faute à pas de chance, ou plutôt à la génétique. Puisqu'il avait hérité de son père la maladie d'Huntington. Parmi ses deux sœurs et trois frères, mon père a été le seul à perdre la partie de roulette russe sur laquelle ses parents avaient involontairement misé.

Papa et papi étaient tombés malades en même temps. Nous

avions alors appris pour la maladie qui les emporterait tous les deux à mes cinq ans.

Papa avait trente et un ans quand je suis née. En plein dans la tranche d'âge d'apparition de la maladie. Il a commencé par perdre le contrôle de ses mouvements, puis par avoir des tics et des sursauts qui avaient alerté les membres de ma famille. Lorsque papi avait commencé à présenter les mêmes symptômes, ils s'étaient rendus chez le médecin.

Au cours des années suivantes, ils avaient été affreusement touchés par les déficiences de cette terrible maladie. Papi avait perdu l'équilibre et ses yeux clignaient tout seuls. Papa avait perdu la parole et il ne pouvait plus avaler. Il avait fini par succomber à une pneumonie, et je pense que papi était mort de chagrin. Il avait transmis l'affreuse maladie à son fils, même s'il ne l'avait pas fait exprès.

Papi ayant été adopté, il ne savait rien de ses prédispositions génétiques lorsqu'il s'était marié et avait eu des enfants. Cependant, comme tout bon père, il avait ressenti le poids du fardeau qu'il avait transmis.

La famille avait assemblé toutes ses économies dans le but de trouver un traitement pour papi et papa. Malheureusement, cela avait ruiné tout le monde parce que cette maladie était incurable. Les frères et sœurs de papa avaient fait en sorte de s'occuper de lui, mais aussi de papi. C'était un fardeau que tout le monde portait.

Lorsque mes proches avaient appris pour la maladie, ils m'avaient fait dépister, à la recherche éventuelle de l'horrible gène dont les personnes atteintes étaient porteuses. Je faisais partie des chanceux. Je l'avais échappé belle et n'étais pas porteuse. À l'époque, j'étais encore petite, donc je ne le savais pas. Je ne l'ai appris que plus tard.

Nous avons perdu deux proches cette année-là. Mais tout ce dont je me souviens, c'est d'avoir emménagé dans ces caravanes avec ma famille, à la mort de papa. Papi les avait gardées sur ce bout de terrain qu'il possédait.

Il avait travaillé dur toute sa vie en reprenant les affaires que le papa de mamie lui avait léguées à sa mort. Lorsque papi était tombé malade, ils avaient dû vendre le parc à mobile-homes et hypothéquer les maisons de tout le monde. Papi avait alors acheté ce terrain pour y installer les caravanes. Elles étaient beaucoup trop vieilles pour être louées, mais comme il ne savait pas qu'en faire d'autre, il les avait installées ici. Toute ma famille y avait emménagé peu de temps après l'enterrement de papi. Treize ans plus tard, nous vivions encore ici.

Mais, à présent, j'avais une chance de pouvoir tout arranger. De rendre nos vies meilleures. De nous faire quitter cet endroit. J'avais travaillé dur tout au long de ma scolarité. J'étais restée concentrée sur mes objectifs. J'avais obtenu assez de bourses pour financer la majeure partie de ma scolarité. Il me fallait juste trouver le reste avant l'obtention de mon bac le mois prochain.

Cela faisait longtemps que j'attendais cette lettre. Il était temps qu'elle arrive. Nous étions le 5 avril. La lettre avait eu assez de temps pour pouvoir faire New York – Iowa.

Alors que je marchais, la vieille balançoire rouillée qui était accrochée à l'unique arbre du terrain grinça. Ma famille en avait planté plusieurs, mais ces satanés arbres ne voulaient tout simplement pas pousser. Nous n'arrivions même pas à faire pousser de la pelouse. Il y avait donc toujours de la poussière partout sur les caravanes, qu'importe le nombre de fois où nous passions un coup de chiffon. Je jetai un nouveau coup d'œil aux six caravanes derrière moi. Leurs couleurs autrefois vives s'estompaient.

La caravane de mamie était à présent rose. Celle d'oncle Mark beige. Celle d'oncle Allan était presque vert menthe tandis que celle de tata Irène était bleu clair. La caravane de tante Jenna et celle de maman étaient quasiment blanches, avec une légère trace de gris, leur couleur d'autrefois.

Toute la famille travaillait et faisait de son mieux depuis qu'elle s'était retrouvée dans cette situation précaire. Il nous avait fallu du temps pour payer les frais médicaux et les funérailles. Nous devions finir de payer les derniers frais médicaux de mon père cet été, et utiliserions le reste des économies pour que j'aille à l'université.

J'ouvris le clapet de la boîte aux lettres gris métallique et regardai à l'intérieur. Il y avait une pile d'enveloppes. Celle que j'attendais depuis si longtemps se trouvait au-dessus. Ernie, notre facteur, savait que j'attendais cette lettre et il avait fait exprès de la mettre en haut de la pile.

Je ne fis pas comme dans les films, où l'on voit les gens qui fixent l'enveloppe et essaient anxieusement de deviner ce qu'il y a l'intérieur. Je ne l'apportai pas à la maison non plus pour partager la nouvelle avec ma famille. Non. J'ouvris cette fichue enveloppe sur le champ et lus la lettre en diagonale à la recherche de ce que je voulais trouver.

« Vous avez été admise... »

Je tombai à la renverse en lisant les mots que j'attendais à tout prix.

C'était tout ce que j'avais besoin d'entendre. J'avais été admise. Je fus envahie par une vague de soulagement et des larmes de joie coulèrent le long de mes joues. Je pouvais enfin me rendre utile et aider ma famille. J'allais entrer à l'université de New York. J'allais intégrer la prépa médecine et si tout se passait bien, continuer sur un master en neurosciences. Je pourrais alors sortir ma famille de la misère et lui offrir une nouvelle vie. Une nouvelle vie où je pourrais peut-être trouver un remède contre la maladie responsable de notre malheur.